主编 凌翔　　　　　　　　　　新时代精品朗诵诗选

红豆情

高国镜 著

中国民族文化出版社
北京

版权所有　侵权必究

图书在版编目（CIP）数据

红豆情/高国镜著. — 北京：中国民族文化出版社有限公司，2020.5
ISBN 978-7-5122-1355-5

Ⅰ.①红… Ⅱ.①高… Ⅲ.①诗集—中国—当代 Ⅳ.①I227

中国版本图书馆CIP数据核字（2020）第082658号

书　　名：	红豆情
作　　者：	高国镜
责　　编：	张　宇
出　　版：	中国民族文化出版社
地　　址：	北京东城区和平里北街14号（100013）
发　　行：	010-64211754　84250639
印　　刷：	唐山楠萍印务有限公司
开　　本：	710mm×1000mm　1/16
印　　张：	13
字　　数：	120千字
版　　次：	2020年6月第1版第1次印刷
书　　号：	ISBN 978-7-5122-1355-5
定　　价：	49.80元

名人谈高国镜诗歌（代序）
——陈建功 曾凡华 徐刚 黎晶 刘晓川

精诚所至

陈建功

……为了写好诗，为了出诗集，高国镜曾在《诗刊》函授学院当了三届学员，在《当代诗歌》培训班当了两年学员，并自修了大学的语言文学专业。可他的诗之路依旧如京西的羊肠小道，一点也不平坦。但他还是写之不已。为了写诗，他失去了许多凡俗之乐，也吃了不少苦头。可他依旧锲而不舍。

据说，高国镜放过羊且其乐融融。因为放牧有利于他写诗。他的最大乐趣就是抑扬顿挫地把刚写完的诗朗诵出来（他话少，却喜欢朗诵），请青山白羊和红嘴鸟大绿蝈蝈欣赏。可诗之女神却总是哭丧着脸，不愿对他微笑。不过，功夫不负有心人。他的诗歌终于登上了报刊一角。中央人民广播电台还朗诵过他的诗。随后，他的小说和散文也开始登上报刊。

应该说，诗文也改变了他的命运。据说，他是靠一首诗"牵线搭桥"，从而与北京市顺义区的一位姑娘相识，并结为伴侣的；后来又靠他的半本诗文剪报，幸遇伯乐，走进了乡镇文化站，又走进了北京市顺义区委机关；还靠他的一部中篇小说集，被顺义区的领导看中，从而吃上了"皇粮"，且走进了群众文化战线——北京市顺义区文化馆。

对于国镜的诗，我不是特别陌生。他的那本《田园·古韵》，写得很有田园味，很优美，很有中国特色，且感情激荡，如山泉奔涌。而这本《昨日诗花今灿烂》，我刚浏览了一遍，发现比前一本诗集更丰富多彩了。这本诗集显然是从国镜以前发表的诗歌中筛选出来的。这些诗充满了激情，就像永定河水那般在奔流着，呐喊着，歌唱着，对青春，对人生，有讴歌亦有思索；对祖国，对人民，对大好山河，满怀着一腔深情。这些诗令人回味，也激励人奋发向上。这一首首诗，恰如一颗颗滚烫的心，在纸面上跳荡。那个逢人不爱说话的山里小伙子，却揣着这么一片诗心，何等难能可贵。作为一本诗集，能让人怦然心动，已属不易。作为诗，无论手法新旧，只要感情是真的，就算有了诗人自己的魂魄——因为诗歌的永恒生命就在于情感！

昨日诗花今灿烂，昨天国镜写了那么多诗，而今这些诗花才迟迟地开放了，这无疑是文坛诗坛的一件美事。在祝贺国镜的同时，我还要感谢北京市文化局和北京群众艺术馆的领导，能给本地区群众文化战线上的作家、诗人们一次展示绚烂的心灵之花的机会。

愿国镜以此为新起点，让诗花开得更加灿烂！

2003年9月16日

（此文节选自著名作家、中国作家协会副主席陈建功为高国镜的诗集《昨日诗花今灿烂》撰写的序言，发表在《北京日报》。）

诗花在激情中绽放

曾凡华

听高国镜说,他15岁那年,就心血来潮熬夜写起了长篇小说,但写了几个练习本,没写下去,又开始写诗。国镜刚上小学,"文化大革命"开始,此后几年间,他基本上就算辍学了,成天在大山里刨药材、捉野兔、夹狍子、捞鱼虾。复课之后,就成天背毛主席语录、搞勤工俭学。他记性好,一口气能背几十段语录,毛主席诗词也烂熟于心;后来他又迷上了"样板戏",满山都是他洪亮的少年大嗓门。但对于诗,他情有独钟,即便在夜晚看野猪的高山窝棚里,都捧着当时很少的几本诗集,一行行读下去,不光看,也写,写批判稿,也是用诗的形式。

上了高中,有同学称他为诗人,那时《诗刊》刚复刊,他就订阅了一份,他也三天两头向《诗刊》投稿,至今还保存着几十封编辑的亲笔退稿信。

1982年1月份,他写的一首诗,被中央人民广播电台播出了,还摘要发表在当时的《广播节目报》上。这无疑增强了他写诗的信心。

他放弃仕途,到文化馆做了一名文学工作者,主要任务是辅导业余作者,组织文学创作活动,自己也写了不少作品,先后发表了千余篇诗文,出版了近二十部作品。北京市文化局主编的一套"北京市群众文化艺术丛书",其中唯一一本诗集,即他的那本《昨日诗花今灿烂》。

这些诗集有应景的因素,但细细一读,也能读出人生的诸多感悟。

手头这本《中国菊》,算得上是他迎接第十一届中国菊花展在顺义举办的应景诗,而实际上,又并非如此。国镜在诗中把菊花与人生、爱情与亲情糅入其里,借菊抒情,借花写意,将中国人的梦想、中国人的生存状态、中国人的喜怒哀乐和酸甜苦辣,都纳入其间,这正是《中国菊》的难得和可贵之处。

在我看来，国镜的诗不能说写得如何好，但大多数都写得很美，很浪漫，很有联想，也特别讲究韵律感和音乐感，有一种质朴的内蕴的美。一些看似平白浅显的诗句，却多有动人之处。其中有的诗，甚至出乎人们的想象，比如写菊花石的诗、写菊花传说的诗，能把菊花与鸡蛋和小鸡、还有爱情联系起来，这种大胆的想象，是不多见的。这本诗集里最长的一首诗《中国菊与中国梦》，称得上大气磅礴，整首诗充满了浪漫主义色彩和爱国主义情怀，借菊花写了中国梦，写得淋漓尽致。该诗采用信天游的形式，自由而散淡，手法虽然老一点，但新意洋溢在字里行间。通过这首诗，不难看出诗人的情怀是多么坦荡和火热，对祖国和人民的确是充满了爱。

国镜的菊花诗，看似写菊却没有拘囿在菊上，不是为了写菊而写菊。他知道文学即人学，看似写菊，实在写人，写人的生存环境、生存状态，写时代的心声和时代的变迁，即使他写的《咏中国十大名菊》，也是与人联系起来的。他那些田园味很浓的诗，也离不开人的影子，比如《那些叫菊花的村姑们》《野菊花和牧羊姑娘》等，写的都是人。

这本诗集中写他父母的一些诗，也颇为动人。此外，如《路边，那位卖菊花的老大妈》《菊农的五彩手指》《种菊老人的愿望》等诗，都写得质朴可亲、富于韵味。又如《信号灯与太阳与菊花》《菊花与小黄帽》等诗，就不是一般意义地写菊花了，而是写出了人生的种种况味。诗集里有相当一部分诗，颇具知识性和趣味性，读起来清新流畅，不让人感到枯燥。而《羊羔与菊花》《菊花谣》这一类的诗，则写得很俏皮，虽然手法有些老，带点民歌味，可还是很耐读的。至于那些写菊花与爱情的诗，更能从中读出作者心灵的纯真和坦荡。

可以说，《中国菊》这本诗集，是一本充满人情味儿、释放正能量的诗集。

（此文节选自曾凡华为高国镜的诗集《中国菊》撰写的序言。曾凡华系著名作家、诗人，中国诗歌学会副会长，时任线装书局总编。）

花不知名分外娇

徐刚

高国镜的《鲜花在绿港绽放》，写在顺义举办的第七届中国花卉博览会，写各种花，写花与人，写已经远去的、曾经"住在山杏花中的母亲"，在这浮华之世已属难得。其实，四时更替，花开花落，天道有常。人看不看花，写不写花，与花朵们毫无关系。是人需要花的慰藉，花花草草何求于人？写花的诗，田园山水诗古已有之，并且自成一派，傲然独立，虽则称为山水清音，却总是诗人睹花生情，然后才有风姿别具，万千感慨。此亦为高国镜咏花诗之立意所在也。

我认识高国镜时，他还是个二十出头的、生活在门头沟大山里的文学青年，而今近三十年过去，他已成为中国作家协会的会员，并兼任着北京市顺义区作家协会常务副主席的职务，但他依然还在写诗，依然牵挂着山里的杏树、杏花、母亲，并由此而广及祖国、大地，这是诗人诗心尚存的感人处，在这举世滔滔皆言利的今天，也可说是诗歌尚存、诗人可为之一端。高国镜的咏花诗还告诉我们，虽说时代的变化——包括物质的、思想的——使人目不暇接，但我们所见的却均为表象世界，世界本质之所在是大地，是世界和人类及别的万类万物的唯一立足之地。如是观之，则一花一草便是这本质的一点流露或是提醒了，因此故，轻盈的花亦是沉重的美。

高国镜对花的思索多有独到之处，比如：

摇曳的花朵最多情
却从不主动追逐蝴蝶的身影

开放的花朵最像灯
点亮每一颗心
每一双眼睛
是花最神圣的使命

花的心最虔诚
每天向苍天微笑向大地鞠躬……

这些看似直白的诗句，却有可读性，是心灵和性情的表述，而且不做作，有真意。还有写兰花与屈原的"花事国事尽情谈"，把花事与国事连结，有新意。会使人想起林木葱郁、鲜花盛开与土地凋敝的对照，一枝一叶总关情，花是花，花非花也。

我还希望读到高国镜笔下大地之上的寂寂无名之花，因为花不知名分外娇。

2009年6月于北京一苇斋

（此文节选自著名作家、诗人、书画家徐刚为高国镜的诗集《鲜花在绿港绽放》撰写的序言。）

山水相伴，诗花灿烂

黎晶

爱山的人叫高国镜。也许因为出门就见山，阻碍了他的言语，他似乎变得不善言谈。沉默终要爆发，而爆发的力量却改变了轨迹，集中在了一支小小的笔上，从此他不再憋闷，他尽情地用笔下的文字驱赶和抚慰养育他的山峦。几首、几十首，啊，几百首小诗，带着大山的寄托，登上了大雅的殿堂，集结成册了，且不是一册，那位从大山里走出的小伙子，已经有三本诗集问世了——诗歌的灵感来源于大山，诗歌像故乡的永定河，流出了大山，从此大山有了自己系统的语言。

近山者仁，近水者智。潮白河畔有一位爱水人。流域衍生了人类，流域文化是一首激昂澎湃的历史诗篇。而诗篇的每一束，都可能掀起巨澜。这其中的一束，被这位爱水人捕捉了，水变成了酒，酒变成了聪明和智慧，酒变成了诗，变成了歌，那诗那歌汇成了一本诗集，叫《燕京放歌》，这诗集不但成了燕京的名片，也成了燕京人的骄傲。这束水的诗篇接连不断，冲洗着京东平原。水的外延涌出了华北、台湾……

这位爱水人叫胡德艳，不但爱水，也爱着爱山的人，因为他们有着一个共同的愿望，一个共同实现理想的途径。"男怕干错行，女怕嫁错郎"，他们都选择对了，诗为媒。

夫妻力量的整合，结果可想而知，小有实力了，小有名气了，也小有作为了。

又一本新的诗集要问世了。一个鲜亮的书名，还带着点梦幻色彩——《蓝色的梦》。我翻了一下才知道，这一本诗集都是献给2008年奥运会的呀，正如一首诗的题目《半筐诗花献奥运》。一首首看下去，这哪是半筐诗花呀，这满目都是诗花呀，是夫妻合作，是两个人用心血浇灌出的诗花呀。这才是他们，是高国镜和胡德艳共同创作的一本真情诗集。这诗花显然不是采在京西的大山深处，除了那首《我用山丹花点燃奥运圣火》之外，基本就没有山花野草了，没有百花山和妙峰山的味道了；因为这本诗集几乎全部诞生在燕山脚下，诞生在潮白河畔。他们的家距离那个如诗如画的水上公园不远，于是他们就借着近水楼台的仙气，把那些奥运场馆和筹办奥运的人们写了个天花乱坠，异彩纷呈。不夸张地说，我读着这诗集，真有点满眼诗花金灿烂的感觉。这诗花不但让顺义靓丽了起来，飞翔了起来；也让北京，也让中国，甚至也让世界靓丽和飞翔了起来。那一组长诗《我把各国的国花都献给你》，哪里还像山里汉子和平原妹子写出的土里土气的诗歌呀，那诗尽管还带着泥土的气息，但毕竟弥漫着"洋花"的香气。最起码，这诗把对奥运的真情表达得够淋漓尽致了。我这个写诗的人，也被他们的诗感动了。

2008 年 2 月 20 日

（此文节选自著名作家、诗人、书画家，时任北京市文联党组副书记、驻会副主席黎晶为高国镜和胡德艳的诗集《蓝色的梦》撰写的序言。）

心底飞出的诗歌
刘晓川

高国镜是北京门头沟人，后来结婚成家在北京的顺义，用他的话说是先在门头沟生活了二十多年，现又在顺义生活了二十多年。他自小喜好文学，且深受浩然等老作家的影响，矢志不渝地在乡土文学领域辛勤地耕耘着。他创作的体裁很为广泛，他写小说，先写短篇小说，又写中篇小说，再写长篇小说；他还写散文，还写儿童文学；当然他还写诗。各种体裁的作品都有著作出版。这本《东边日出西山红》诗集，收录了他创作的近二百首诗，用他自己的话说："这其中的诗歌应该是沉淀过多年，发酵过、过滤过的，是发自我心头的真情话语。这些诗有的是二三十年前发表过的，有的是在脑子里装了大半辈子的生活，又忽然灵感的火花一闪，就跑到电脑里去了。"

这些无时无刻不在他的脑子里魂牵梦萦，使他从心底里飞出了这部诗集中一行行感恩、感怀、感情的诗句。

所有这些，构成了高国镜这部诗集的红色基调，成为他这部诗集中高扬的爱党、爱祖国、爱家乡、爱人民的红色主题。

这种鼓荡在他胸中的深深恋情和深重的责任感，是他创作这部诗集的原动力；诗集中这种爱与美的由衷倾诉，为充满和谐诗意的门头沟谱写了新的华章。

……

作者用十分具象的几个细节，生动地刻画了中国最普通的劳动妇女、我们最基层的党员干部们可亲、可敬、可爱的感人形象。这样的诗，给人的印象是非常深刻的。

高国镜的诗朴实易懂，绝少艰深晦涩，而且真诚得近乎透明，自始至终洋溢着昂扬的激情，这种激情是以真诚和信仰为支撑的。

2011 年 4 月 7 日于北京

（刘晓川系作家、评论家、北京作协理事，时任《京郊日报》文艺部主任，现《北京作家》特邀编审。此文节选自他为高国镜的诗集《东边日出西山红》撰写的序言，发表在《京郊日报》。）

目 录

山鹰与海燕　001
如果你是……　004
长城上的山菊花　007
林海风帆　009
花与母亲　011
别怪眼前的风景　014
别怪春天来得晚　016
别怪父母无能　019
别怪风　021
别怪冬天寒冷　022

别怪飞雪　024
别怪我多情　026
别怪儿女不争气　031
别怪夏天炎热　032
写给麻梨疙瘩　034
那年的金钱豹　039
我的山丹花　043
谁挖走了埋在地下的图案　051
崖柏咏叹调　058

西湖抒怀　066
自行车咏叹调　069
当下有感　070
有感《西游记》　073
鸟殇　076
生命是一盏灯　078
小鸟——种子　080
山与河　生与死　082
咏中国十大名菊　084
鞋大鞋小娘知道　088
菊花石与父亲　092
不是情书　094
红豆情　098
我的母校去哪儿了？　100

那点燃我青春的红叶　107
山民与木头　110
故乡的白桦林　113
月季芳名　115
你知与不知　118
故乡一片情　120
怀念那山那河　123
一棵树的四季　125
多一点与少一点　127
来自空中的发光　129
度　130
青山上的大学生　132

青山上的诗人	135
我·弓与箭	137
信——一个勘探队员的日记	139
端午节与诗人	141
挂在墙上的玳瑁	143
捞月亮	145
那年秋天的菊花和种子	149
地球，花的家园	152
奇石放歌	158
六百年粮仓的余香	162
桃花潭与红豆情	165
月亮弟弟	166
最	172
知多少？	174
古老的雕像	177
标点，人生的符号	181
倾听诗花的声音（后记）	187

山鹰与海燕

没有凌云的翅膀
哪能向高空飞翔?
崇山峻岭关不住
山鹰高飞谁能挡?
因为山鹰有
鲲鹏展翅九万里的壮志
有直冲云霄的豪情豪壮
鹰的每一根羽毛都蕴藏着
对蓝天的向往
雏鹰还在巢穴里的时候
就揣上了飞的梦想
所以鹰天生没有恐高症
即便是悬崖峭壁万丈
对于鹰也像摇篮一样

海燕还在嗷嗷待哺时
就知道得面对风浪

白云是海燕的风帆
红日是海燕的勋章
每一抹朝霞和晚霞
都是给海燕预备的
戎装和衣裳
大地和大海是为鸟儿
提供的迷彩服
鸟儿的迷彩服
就是鸟儿的羽毛和翅膀
鸟儿的眼里少含泪水
不影响鸟儿对大地爱得深沉
对高山和大海爱得发狂

这就是山鹰和海燕
一个在起伏的高山上
一个在苍茫的大海上
山鹰和海燕都是天之骄子
都谱写着对祖国的乐章

山鹰的俯冲
不仅仅是为了捕捉蛇鼠的热量
还是为了积蓄更多的力气
为了向更高处翱翔
海燕飞过蓝天
却不忘拍打着、亲吻着

那一朵朵白色的海浪
情系大海万里情
大海就是海燕的爹娘

在这个世界上
没有比山鹰的翅膀
更高的山岗
在这个世界上
没有比海燕的翅膀
更勇猛的风浪

山鹰与海燕的翅膀
都是打开的图书
都是荡起的双桨
想阅尽人间春色吗？
只有像山鹰和海燕那般
胸有朝阳，凌空飞翔

如果你是……

如果你是太阳
就不要担心别人说你冷若冰霜
因为你有足够的光芒
可以把黑夜和大地照亮

如果你是月亮
就不要担心没有变圆的晚上
因为你皎洁的月色
会投放到天下所有的地方

如果你是高山
就不要担心登山者会踩住你的肩膀
因为你有足够的力量与高度
支撑起承担地球的脊梁

如果你是河流
就不要担心有人会把你阻挡

因为你有足够的热血
在大江南北纵横流淌

如果你是鸟儿
就不要担心会从空中掉下来夭亡
因为你有两只自信的翅膀
可以任意在九天之上飞翔

如果你是花儿
就不要担心没人欣赏
因为你有足够的芳香
可以让遍地的蜂飞蝶忙

如果你是千里马
就不要担心伯乐在何方
只要万里草原关不住
马蹄声就会把诗送到远方

如果你是金子
就不要担心是不是能够发光
因为你的骨子里
蕴藏的都是挡不住的光芒

如果你是鱼儿
就不要担心逆流和波浪

因为海阔凭鱼跃
鱼儿不会在水中溺亡

如果你是一个正直的人
就不会担心影子倾斜和摇晃
因为不管你走到哪里
都揣着一颗堂堂正正的心脏

长城上的山菊花

长城上的山菊花
与红叶争艳
把城砖当家
开了一茬又一茬
一枚枚花朵
像天真又沧桑的眼睛
看过多少烽烟滚滚
见过多少战马踏踏
几度夕阳红
飞鸟归巢去
几多男儿未回家
为了江山
为了天下
又几番拼搏
又几番厮杀
何惧人头落地
且把菊花当作黄金甲

簇簇黄栌叶

是壮士举起的火把

簇簇野菊花

是烈士的尸骨和鲜血

绘在长城上的一幅幅

永不褪色的国画

如果说长城是一条龙

那长城上的山菊花

多像龙的天真烂漫的女儿啊

表面看着冷艳

心头却装着火辣

那长城上的菊花呀

伴着一亿年前的星光

两亿年前的月牙

三亿年前的白云

四亿年前的朝霞

我站在长城下

与菊花相看两不厌

我也想化作一簇山菊花……

林海风帆

树上的鸟儿累了
停止了动人的歌唱
植树的小伙累了
写起了热烈的诗行……

桦皮似一叶白色的风帆
伴着小伙的心奔向远方
青春在青山上燃烧
白云在碧空中飘荡
那一颗不安分的心
在天与山之间翱翔

一片绿色的树叶悄悄地
落进了他刚写下的诗行
朝霞像一朵擦亮的火柴
点燃他更美的理想
世界上没有双脚

登不上去的山岗

世界上没有被大风

折断的翅膀

只要有一颗火红的心

就没有飞不到的地方

小伙又拿起了一棵树苗

蓝天下又要多一抹绿荫

又要多一片阴凉

谁知哪天的报刊上

植树小伙的诗文

又会抓住读者的目光……

花与母亲

春来了，才知世上花最香
娘走了，才知世上最美的是娘
望着层层叠叠的花朵
儿子想到了当年的娘
牵牛花牵着我的心
又回到那条乡村道上
蒲公英像金币闪亮登场
贫穷的母亲在贫瘠的泥土里
春栽白薯秧，秋收红高粱
娘没工夫看一眼阡陌边的野花
黑发就变成白菊，傲霜绽放
而娘不像菊花秋风吹又开
几度夕阳，又几度夕阳
花卉依旧红，红了大地
娘却已走向了遥远的远方

望着蓝幽幽的薰衣草

儿仿佛看到远去的娘

那薰衣草可是娘穿过的蓝衣裳

摇曳的荷叶撑起片片阴凉

可是母亲的头巾在飘荡

那金灿灿的向日葵

像娘历经风雨的含笑脸庞

佛手像娘粗糙温柔的手

给人送去关爱善良慈祥……

不，娘不一定像花

娘更像养育花的大地

沐浴花的太阳

儿女都是娘的花

娘是培育花的土壤

比泥土朴实的娘啊

把儿女哺育得花一样

像荷花亭亭玉立

像菊花迎风斗霜

像梅花红了北国

像木棉火了南方

一晃，儿女们都长大了

母亲却已倒在那块热土上

连花儿的声音都在呼唤娘

如果娘还活着

儿愿采一束康乃馨戴在娘头上
梦中，娘化作一地郁金香
映红了黄河两旁

凡有花的地方都有娘的影子
哪里有娘哪里就是开花的地方
不，娘压根就没有走
娘的魂永远萦绕在
那一代代人剪断脐带
掩埋胞衣的热土上
遍地的花朵是母亲的笑脸
给生活带来幸福与芬芳
不尽的花朵像儿女举起的灯盏
为天下的母亲送暖照亮

别怪眼前的风景

别怪眼前的风景

感觉这不是好景

不是心中的景

其实，好景在远方

远方才有好景

当你走着走着

感觉远方也没有好景的时候

你再回头看看

你走过的风景

每一步都是好景

人生的路不管有多长

当快要走到终点的时候

把你记忆的大门打开

原来一路都是好景

那个时候你不会再抱怨

这一生没碰上好景

如果可以重复过一生
你会珍惜所有的景

美景不在前方
但前方肯定有好景
美景就在前方
但你得知道
那句歇后语
和尚挑水——过井（景）了
人生就是这么无情
你怪前面没好景
却已经失去了好景
好景在你生活的每一天
每一天都像在过电影
不怪古人说人生如梦
其实人生就是一个梦
人生的风景线
谁知道有多长？
有多长的人生风景线
就有多长的人生美景

别怪春天来得晚

别怪春天来得晚
春天从来不会晚点
晚点的也许是我们
只怕人类自己晚点

也许小草早已露出了鹅黄
我们还赖在被窝里睡眠
也许小鸟已经悄悄筑巢
我们根本就没有发现
也许蝴蝶已经展开翅膀
我们却还在偷懒
也许河水已经解冻
我们的心还处在冰面
也许大雁已鸣叫着列队飞来
我们却还在室内抱怨

不，不用埋怨春天来得晚

春天已经悄然来到人间
让我们放下冬天的包袱
迈开春天的步伐
迎接春天的到来
耕耘夏天和秋天

别怪春天来得晚
春姑娘每年都如期而至
不会姗姗来迟
只会匆匆提前
春天是有情的
且没有半句怨言
春天又是无情的
春天不等人
只怕人等闲
春天无情
人生也无情
谁知多少人在等待中
错过了又一个春色满园
敢说一句再无情的话
谁知有多少人
再也看不到
下一个到来的春天
谁说春眠不觉晓
不，我们不能在
牢骚中春眠

别怪春天来得晚
春天从来不会迟到
只怕人类自己晚点
只有我们抓住春光
春光就无限
莫叹春光哪去了
春光就在眼前
莫叹光阴去哪了
时间老人最公平
把每一分钟光阴
平等地送给了每个人
每个人都不会得到
时间的偏饭

虽然生命有长短
但，生命的每一天
都是同等的时间
不要抱怨春天来得晚
怕就怕春天在复苏
而我们还在冬眠
怕就怕人家的地都出苗了
我们的种子还藏在家里面
莫抱怨，春天不会晚
只要我们别在沉睡中抱怨
就不会错过春天的风景线

别怪父母无能

别怪父母无能
即使父母无能
也是父亲母亲
没有父母大人
这个世界也没有我们
即使住的是茅草屋
吃的是粗茶淡饭
我们也在风雨中
渐渐长大成人
我们拥有大脑
还有双脚双手
那就是父母给我们的资本
奔向什么样的前程
那是我们的使命和责任

父母都有望子成龙的心
儿女却不能让父母成龙

朱元璋是个放牛娃
却打下了明朝的天下
稳坐江山，气吞多少风云

儿女无权选择父母
也无权选择家庭
老话说得千真万确
儿不嫌母丑，子不嫌家贫
拼爹让别人去拼吧
我们只能拼命
拼着命走向明天
明天会前程似锦
别怪父母无能
只要我们有超过父母的能力
成功就属于我们

别怪风

别怪风
春天不刮风
花朵怎么会开?
秋天不刮风
谷粒怎么会来?
更何况
风还能扫除阴云
清除雾霾
驱除万里尘埃
只有风儿如期刮来
蓝天下的世界
才会更加多彩

别怪冬天寒冷

别怪冬天寒冷
寒冷真的不可怕
关键是
寒冷挡不住春的步伐
哪怕是冰冻三丈
开春照样会融化
纵然是地冻三尺
春姑娘一抖长袖
小草照样发芽
枝头照样开花
枯藤又吐出绿叶
寒鸦又孵出小老鸹
冬眠的獾又走出洞穴
在森林里溜达
冬眠的蛇又钻出树洞
在松软的草地上盘、爬……

不怪诗人说
冬天已经来了
春天还会远吗？
原来冬爷爷在冬天
就在描绘春天的图画
没有冬天的冷酷
哪有温馨的春夏？

别怪飞雪

别怪飞雪
飞雪是天使
最纯洁
也最圣洁
也最高洁
飞雪是多棱镜
能照射妖孽
飞雪是一把把尖刀
敢把深藏的害虫
无情地消灭
飞雪温柔时
像一只只蝴蝶
像一张张发给春天的请帖
飞雪严厉时
像一把把尖刀
敢于把喝人血的害虫
杀死在洞穴

别怪飞雪

飞雪让山舞银蛇

白了三山五岳

飞雪让原驰蜡象

白了阡陌田野

飞雪是最动人的花

在万树枝头摇曳

飞雪是最温暖的棉絮

为北方的男女老少送去体贴

飞雪潇潇洒洒

飞雪热热烈烈

飞雪像山头上雪白的羊羔

就差叫声咩咩

飞雪铺的小路

让我们走向太阳升起的地方

飞雪铺的大道

让我们走向更美好的世界

别怪飞雪

飞雪带着我们

走向蓬蓬勃勃的原野

只有飞雪迎春到

迎春到的只有飞雪

别怪我多情

老同学,别怪我多情
四十年前与你不辞而别
再不曾有一次相逢
至今却还在给你写诗
你——别怪我自作多情

在我的眼前
常常晃动着你的倩影
晃动着你的发辫
还有你那秀气的脸蛋
生动得白里透红
那少女两颊的红晕滚滚
像朝霞烙印在了我心中
难忘你那一双大眼睛
胜过天上明亮的星星
你也许是无意中投给我的眼神
化作了瞬间的永恒

穿越了四十载时空
和春夏秋冬

老同学，你别怪我多情
四十年，我一直这般多情
当年你开玩笑叫我诗人
我就给你写了一辈子诗
当然，也许你一首诗也没读过
或者读过，也不会读懂
但你走过的脚印
却是一行长诗
走进了我心中

四十年前那个秋天
你走进了未名湖畔
成了一位女大学生
我的大学梦终生未圆
你却终生让我崇敬
你至今都是我的女神
我是不是你的男神？
你别怪我多情
我自命不凡地说
是你这个女神
让我成了男神
追求女神的人

就是为了成就男神

四十年风风雨雨
没进过大学校门的我
捧出了二十本著作
我用我的青春
用我的热血和生命
写下了一串算得上
闪光的脚印

远在海外的你
千万别怪我多情
如果我不多情
哪有今天的收成？
爱情是力量吗？
其实我们不存在爱情
我对你只能算单恋、暗恋
可这单恋和暗恋
照样能够产生火花
而且烈火熊熊
照样能够产生力量
而且力量无穷
就像传说中的二郎神
山河似乎都能挑得动

当我悲白发的时候
我没忘青春的火红
当面对夕阳的时候
我没忘你朝气蓬勃的身影
无悔恋你四十载
哪怕今生再不相逢

你给我的太多太多了
留下一点神秘的秘境
下辈子再给我吧
今生我不再傻等
如果你下辈子需要我
我愿意与你同伴同行

我对你遥遥无期的追求
却是为了圆我的一个梦
当你看到这首诗时
我的梦肯定还没醒
因为穿着白色半袖衫的你
像一只白天鹅
又从永定河畔飞向了碧空
我望着你的身影
让青春再次启程
目标不一定是未名湖
因为未名湖还是有名

我只想当一个无名者
把你写入我的诗行中
当你看到这首诗的时候
小脸会不会又微微一红？
当我写下这首诗的时候
你又给满头白发的我
增加了一百倍的热情
你这个女神让我成为男神
这是我一生的追求
也是你一生的使命
咱们没有定格在四十年前
你一直伴着我走向
一个又一个柳暗花明

别怪儿女不争气

别怪儿女不争气
争气的儿女也许在别人家里
天下有那么多儿女
到底谁算争气的儿女?
如果当了官就算争气
那会出现更多的官迷
如果挣了大钱就算争气
钱也许会毁掉争气的儿女
其实,真正争气的儿女
就在芸芸众生里
就在每一个家庭里
好好地生活
就是最大的争气

别怪夏天炎热

别怪夏天炎热
只有在炎热的夏天
才会有百草的新绿
百花的吐艳
百鸟的鸣啭
才会有蝈蝈的歌唱
蜻蜓的盘旋
蝴蝶的情恋……

别怪夏天炎热
虽然有许多害虫
都活跃在夏天
苍蝇的肮脏
蚊子的恶毒
甚至毒蛇的阴险……
但，它们扼杀不了
万紫千红的夏天

别怪夏天炎热
只有在夏季的风中
五谷才会香
花果才会甜
即使你今天说
炎热的夏天真讨厌
待到冬天来临时
你也会把夏日怀念
让我们用真心
感谢夏天，拥抱夏天……

写给麻梨疙瘩

童年，你是我眼前的
一抹春天
麻梨子吐出芽尖
那细碎、碧绿的叶片
逗得马儿开始撒欢
我追逐着你新绿的身影
心头洋溢着天真的情感

少年，你是我们一家人
温暖的源泉
儿时的冬天
你是我铁镐下、背篓里的柴火
那百篓千篓的麻梨疙瘩
让我们度过了一个个难熬的冬天

青年，你是我青春的旗帜
在我伐木、放牧的时光里

你是一道风景线

你那带刺的枝叶

唤醒了我写诗作文的灵感

我在你撑起的阴凉下

写下了太多的诗篇

中年,你是我遥远的记忆

因为我已经不在西山

但我常常想起你

想起那一抹春天

那一灶火焰

那一簇一簇的诗稿

摇曳在故乡的崖畔

摇曳在我的梦里

摇曳成一幅幅画卷……

老年,你不再是

我的春天

我的夏天

我的秋天

不再是我的冬天

你却成了别人的工艺品

也成了我的手把件

当想起那满山的麻梨疙瘩

都变成了摆件、把件、挂件

我忽然一阵阵伤感

听说故乡的麻梨疙瘩
都快被人刨绝了
我的心在打颤
甚至在流血
想到了我的故乡
我的西山
多想回老家去看看
可双腿再不像当年那么好使唤

小小的麻梨疙瘩
变成了抢眼、抢手的文玩
被冠之为北方黄花梨
来了一个华丽转身
来了好大的一次变脸

在这短短的时间里
故乡的麻梨疙瘩
不能说被挖绝、采完
但那麻梨疙瘩装点的春天
谁还能看见？
那麻梨疙瘩守卫的一方水土
变成了坑坑洼洼的一座座秃山

故乡的麻梨疙瘩哪里去了？
变成了千家万户的摆件
变成了金疙瘩、银疙瘩
变成了有人手里的金钱

这就是麻梨疙瘩呀
麻梨疙瘩变成了被人炒红的文玩
可麻梨疙瘩生长的地方
却少了一簇簇的春天
人们在发现麻梨疙瘩上的图案时
难道没有发现那山已被摧残？

在我们捻着麻梨疙瘩手串
念阿弥陀佛的时候
佛祖难道在教我们把青山摧残？
当我们脖子上挂着佛珠的时候
难道我们没有想到
青山那边已经少了
多少绿色的诗篇？
当我们的麻梨烟袋
冒出青烟的时候
我们难道没有想过
麻梨疙瘩也需要薪火相传？

老年，刚刚进入老年

六十岁的我

不该在家里玩弄

麻梨疙瘩手把件

我想到西山去

想当一名戴着红箍的护林员

我有权对刨麻梨疙瘩的人说不

不许再刨我们的麻梨疙瘩

麻梨疙瘩固守着青山

我们也要固守这青山

麻梨疙瘩的摆件好看

长麻梨疙瘩的青山更好看

让我们留住麻梨疙瘩

给西山带来更多的春天

那年的金钱豹

那是1971年的冬天
大雪封山，北风呼啸
一个叫留锁的本家叔
用两盘叫狐夹的夹子
夹住了一只金钱豹
这是意外的收获
因为他下狐夹是为了夹野猪
结果让金钱豹戴上了镣铐

在红金坨下
在那棵白桦树下
那只色彩斑斓的金钱豹
正在垂死挣扎着
再也不能奔跑
留锁叔看到了金钱豹
吓得头发直立
满心发毛

一层白毛汗

让他心惊肉跳

他选择的不是逃跑

是马上去报告

电话铃声响彻在区武装部

武装部的战士听到这个消息

激动得直跳

他们说你是打虎英雄啊

不要着急，我们明天一早就到

翌日，在红金坨下

在那棵白桦树下

一声钢枪响了

一颗子弹飞出去了

金钱豹发出了最后的号叫

金钱豹流淌下的血迹

像梅花点点

在雪地上画下了

一个个鲜血淋漓的问号

金钱豹化成了一个标本

也为它的生命画上了句号……

那金钱豹成了永恒的风景

在我的眼前消失不掉

当初那金钱豹的标本
卖了二十五元钞票
那位留锁叔用那二十五元
换来了一身棉裤棉袄
还有一顶狗皮帽
但留锁叔却因此
变得疯疯癫癫
他时常唱着打虎上山的歌
说着：我夹了一只金钱豹……

而今快半个世纪了
可那里再也没人夹到过金钱豹
连松鼠似乎都受到保护了
我们再也看不到金钱豹了
红金坨下似乎再也没了金钱豹
如今要看到金钱豹
得通过秘境之眼看到
那金钱豹成了
稀有动物
谁也不敢再去夹金钱豹

那只1971年的金钱豹啊
成了故乡最后的一只金钱豹
后来提起1971年那只金钱豹
那本家叔也许还有几分骄傲?

因为当时他因打豹而上了报
他成了为民除害的英雄
英雄不提当年勇
但英雄让那山少了一只金钱豹
也许是少了十只百只金钱豹
因为那金钱豹的后代
谁也不知道有多少?……

我的山丹花

世界上的花有千种万种
我对你最情有独钟
你对我保持着不变的本色
我对你怀揣着不变的忠诚

在六十年前那个五月端午
你伴随着我在京西的山旮旯里诞生
从此咱们就结下了不解之缘
你就成了我成长的指路灯

没有牡丹的富贵与雍容
长在山沟里的你
却成了我的花神
成了大山的精灵

儿时,年年盼端午节
年年端午你与我如期相逢

咱们相看两不厌
红花对着黑眼睛
你照亮了弯弯曲曲的羊肠路
磕磕绊绊，咱们一路同行
一路走到今天
我却还没有把你读懂

故乡的山丹花
摇曳在我心头的你
是一颗颗闪耀的星星
你并不张扬却又豪放
浑身都不乏热情
你让我心花怒放
你让我热血沸腾

不是万绿丛中一点红
是万绿丛中点点红
你星星点点地开放在山坡上
让寂寞的山不再冷清
让草变得更葱茏
让鸟儿也多了几分歌声
你就这样伴随着我的童年
我的每一个生日都是你
给点燃的红蜡烛
你的身影伴随着我的身影

你像一只只小红灯笼

长夜里照亮了山村的黎明

借助霞光的色彩

你闪亮登场在荆棘丛中

你的开放似乎不是为了别人欣赏

即便没有人烟的地方

你也照样把自己点亮

把自己的着装弄得红彤彤

你点燃了山民红红火火的日子

你是母亲的火把，火光熊熊

你是父亲高举的松明

你是山里人照亮的马灯

你看似瘦弱

其实又很丰盈

你的花朵看似小巧玲珑

在我眼里又像放大的彩虹

你的每一个花朵都像花篮

装着山村的夏天

盛着山民的热情

提着艾香和粽香

伴着一阵阵的香风

让山里人的每一个端午节

都显得热烈和丰盛

山丹花不是单独为我开放的
但山丹花却是我眼前
一处处一道道耀眼的风景

在我生日那天
采艾蒿的时候
我顺便采来一枝枝山丹花
插入罐头瓶
摆在红板柜上
让农家多了几分温馨
让我的生日多了几分诗情
当然，想看更多的山丹花
还得放眼窗外
窗外才是山丹花的摇篮和大本营
山丹花开在山坡上
显得格外灵动和生动
像一面面小小的红旗吗？
红旗漫卷夏日的风

山丹花还是一道菜
可不光是一道风景
用山丹花解馋、当零食
是我儿时的一大发明

山丹花的花瓣可以吃
甜丝丝的回味无穷

六角花瓣的山丹花

花瓣看似纸一般单薄

却比山民的嘴唇还厚重

那花瓣饱含着情谊

花儿无言胜有声

山丹花的花语是什么？

少年的我听不懂

现在似乎也读不懂

山丹花一点也不张扬

放得开却又收得拢

像一把把微型小伞

能挡风挡雨遮阳光

还能撑起我少年的梦

山丹花的花蕊

比红胭脂和朱砂还红

那花蕊染红了我少年的脸蛋

还有我的白衬衫

那是因为我爱穿行在花丛

那花蕊染红了白蝴蝶的翅膀

那是因为蝴蝶贪恋着山丹花

才让自己飞入红花无处寻

与蜜蜂和蚂蚱不得不

乱撞乱碰，还有裹乱的我

都陶醉在了那摇曳的花枝中
那是多么有趣的情景

山丹花的花瓣可以品味
山丹花的花疙瘩
也是我儿时分享过的山珍
那像大蒜一般的花疙瘩
放在火里烧了吃
听说还能解毒、医治疮痈
但，我却很少享用

山丹花有山丹花的风骨
懦弱不是山丹花的天性
山丹花充满了不尽的血性
山丹花的根茎
比骨头还硬
地冻三尺，漫漫寒冬
我担心山丹花的根茎
会被冻死、冻成冰
可山丹花不怕天寒地冻
年年如期发芽，迎接春风

山丹花的花蕾
柔软中透着坚挺
像一颗颗欲飞的子弹头
向着火红的夏天冲锋

山丹花年年端午节如期盛开
那是送给我的礼物,尤其贵重
山丹花一年多开一个花朵
儿时我每年都记下几株山丹花
想做一个证明
年年端午节,我用小手
数着花骨朵,又往往数不清
采药时我见过一株山丹花
居然长着七八十朵花
简直让我震撼、震惊
好一个山丹花里的老寿星

年年花相似,岁岁人不同
而今山丹花依旧这般红
叹我白发已经满头生
但又何必悲白发、空悲切
每个人都得从始走到终
山丹花从不虚度年华
我也没有虚度人生
我和揣着一腔热血的山丹花
看到了六十多个端午节的黎明

山丹花是灵感的火花
唤起了我多少才情和热情
我写下了二十本诗文
那就是我的答卷,山丹花见证

山丹花是智慧的火花

让我从一个懵懂少年走向成熟

山丹花是理想的火花

我的理想像山丹花落地生根

却又高于云端和云层

山丹花是生命的火花

我的生命伴随着山丹花的生命

我知道我的生命之花有一天凋谢了

山丹花却还会年年吐红

所以我更加珍惜生命的每一分钟

每一年的端午节

我都面对山丹花

问我愧不愧对我的人生？

白发面对山丹花

山丹花又点燃了我的诗情

童年、少年、青年、中年

都不可能再重复上演

但在山丹花的照耀下

我的夕阳会比山丹花还红

我活着，山丹花是我的指路灯

我去了，山丹花是我的长明灯

人生不管长短

都应该像山丹花一样

年年捧出自己的红心

照亮属于我们的人生路程

谁挖走了埋在地下的图案

当时你躲进了深山
却没躲过今天的劫难
当年,你的使命也许
就是为了山民的温饱
从而才把自己化成火焰
留得青山在,不愁没柴烧
你就是农家的燃料
你给农家带来了多少温暖

而今,你摇身一变
成了炒得很红的文玩
就因为你这被称为
麻梨疙瘩的树根
上面有着太美妙的图案
于是你就成了人们
炒作和追捧的
摆件、把件、挂件

人们为了追求你独有的图案
你就遭受了空前的劫难
那看得上眼的麻梨疙瘩
一度似乎比金疙瘩还值钱

美到处都有，就是缺少发现
当人们发现了你的美
你的生命也遭遇了劫难
躲避在深山里的你
却躲不开山外人的采掘
何年何月，打响了一场
刨麻梨疙瘩的"恶战"
真正是众里寻他千百度
真正是千呼万唤始出来
真正是挖地三尺
真正是把青山踏遍

谁说咬定青山不放松？
即便你钻进石头缝
也要把你掏出来
也要把你请出深山
经过刨、经过砍、经过钻
经过雕琢、经过磨炼
把你打造成人们的"新欢"

原来没有发现你多美

只知道你能化成火焰

却不知道你身上的火焰纹

比真正意义上的火焰还值钱

只知道你能烧开水

却不知道你身上的水波纹

有多么吸引把玩者的视线

当年，只知道麻梨疙瘩

浑身都是麻嘟嘟的

而今人们却在那麻嘟嘟的地方

寻找着所谓的花儿

所谓的美妙图案

那多姿多彩的花纹里

却深藏着什么鬼脸儿和雀眼儿

那小小的麻梨疙瘩

有着太多的、丰富的画面

人们在其身上发现了

嫦娥奔月，飘飘欲仙

发现了孙悟空驾着筋斗云

飞向了花果山

发现了徐悲鸿的奔马

驰骋在云雾缭绕的云端

发现了黄胄的毛驴

行走在新疆的吐鲁番
发现了关山月的梅花
发现了李可染笔下的山峦
发现了齐白石笔下的大虾游弋
发现了李苦禅笔下的雄鹰盘旋
就连范曾笔下的鲁迅人物
也仿佛跑到了麻梨疙瘩上面
黄永玉画的猫头鹰活了
就连他捧着大烟袋的剪影
也好像与麻梨疙瘩相依为伴……

这就是麻梨疙瘩吗?
麻梨疙瘩的神奇如此这般
正是因为这所谓神奇的图案
人们才像寻宝一样
把麻梨疙瘩采回家
做成心仪的文玩
然后望着上边的图案
百看不厌
然后戴着白手套
不厌其烦地盘、盘、盘……

麻梨疙瘩本身是刚强的
像男儿有泪不轻弹的男子汉
石头可以被摔碎

麻梨疙瘩被摔在石头上
却会弹起来，飞上蓝天
麻梨疙瘩就是这样
不折也不愿弯
但有人的鬼斧神工打造
麻梨疙瘩也只能被人变成方圆

麻梨疙瘩被丢入火中
迟迟不会化成火焰
麻梨疙瘩被丢入水中
却能像石头一样沉底、搁浅
如此顽强的麻梨疙瘩
无奈会变成各种各样的雕件
让它变成龙它就变成龙
让它变成犬它就变成犬
让它变成钱袋它就变成钱袋
耷拉在人的腰间
让它变成猴子它就变成猴子
还要捧着寿桃打秋千……

这就是麻梨疙瘩呀
麻梨疙瘩变成了被人炒红的文玩
可麻梨疙瘩生长的地方
却少了一簇簇的春天
人们在发现麻梨疙瘩上的图案时

难道没有发现那山已被摧残？

麻梨疙瘩变成了
任人宰割的物件
麻梨疙瘩越老花儿越多
花儿越多自然越值钱
满花儿的自然更值钱
麻梨疙瘩分红料、白料、灰料……
麻梨疙瘩的红料最值钱
其实，所有麻梨疙瘩
都是被炒红的、红得发紫
红得像滴着血、血泪斑斑

人越老皱纹越多
麻梨疙瘩越老花儿越多
人老了皱纹不值钱
麻梨疙瘩的花儿却越老越值钱

咬定青山不放松的麻梨疙瘩
曾为故乡增加了一抹抹春天

放眼看看麻梨疙瘩生长的地方
青山的春天比任何摆件都好看
麻梨疙瘩上的图案再漂亮
也没有麻梨疙瘩长在山上好看

停止挖掘麻梨疙瘩和上面的图案吧

还青山一个生机勃勃的春天

让野兔在麻梨树下产崽

让鸟儿在麻梨树上下蛋

大自然不能缺少麻梨的身影

麻梨疙瘩不是供人欣赏的图案

也不是被人打磨的手把件……

崖柏咏叹调

崖柏诞生在恐龙年代
崖柏看到过几亿年前的鲜花
几亿年前的云彩
看到过北京
曾经是一片大海
崖柏伴着雪白的浪花
与山河一同走来
太行山是崖柏的故乡
崖柏绿了几多山脉
崖柏和时代的风云
相依相伴了多少个千年万载

故乡有一座山——万柏山
万柏山上万株柏
何等气象万千、千姿百态
疑是青龙俯瞰长河
疑是苍雕欲飞天外

像黑色的浪头翻滚峭壁
像威武的士兵严阵以待

盛夏，叶间雾袅袅
隆冬，枝头雪皑皑
秋日，不与红叶谈情
春日，羞和野花说爱

水，在万柏山的脚下更绿
云，在万柏山的头上更白
风，刮不倒崖柏的身躯
崖柏在风雨中更豪迈
雪，打不垮崖柏的阵容
崖柏在风雪中更多彩

崖柏染绿了一座山崖
崖柏是一片欢乐的海
住在一起，互敬互爱
不论大小，不管高矮

崖柏有一腔火热的歌
永定河是滔滔的节拍
崖柏有一腔沸腾的血
东方的霞光伴着崖柏的风采

有时崖柏也显得寂寞
但那并不意味徘徊
有时崖柏也显得冷清
但那并不表示悲哀

崖柏顽强地生长
不分环境的好坏
崖柏高洁地生活
不染肮脏的尘埃

不与蓝天比高矮
和云为伴云更白
不与青山争名利
只愿青山更多彩……

咬定青山不放松
把根扎在嶙峋的石缝中
历经沧桑，万年头发不变白
万柏山的风景春常在

然而，就在不久以前的岁月中
这些苍翠的崖柏
在被人类无情地开采
任凭崖柏躲到万丈山崖上
也会被人们挖下来

当年崖柏是太行山上的风景
如今挖崖柏成了太行山上的风景
玩崖柏成了太多人的最爱
一度一度又几度
崖柏的命运多舛、悲哀

崖柏成了文玩
崖柏被炒红了
崖柏成了金疙瘩
可以发财
崖柏成了收藏新宠
谁家都想把崖柏摆件摆
果然是化腐朽为神奇吗?
崖柏根雕"红了"长城内外
什么红料、白料、陈化料
什么红白料、生死料
什么瘤疤、雀眼儿、满花儿……
无论是什么样的崖柏
都有人去冒险开采
甚至付出生命的代价
也要攀崖把崖柏挖下来

崖柏当年躲进深山
却躲不过这一难又一难
这一灾又一灾

即便崖柏钻到崖缝里
也要把崖柏抻出来
即便崖柏在崖畔上哭泣
也要把崖柏挖出来
即便崖柏在绝壁上颤抖
也要把崖柏请下来
即便崖柏在风雨中呐喊
也要把崖柏拽下来……

面对人类的斧头
面对人类的镐头
崖柏真的很无助无奈
无情的大镐要把崖柏刨出来
无情的斧头要把崖柏砍下来
崖柏不知道会经历这么一场浩劫
万柏山不知道人们会这样将崖柏伤害
崖柏见过十万年前的大雨滂沱
百万年前的白雪皑皑
崖柏经受过闪电的抽打
经历过霹雳的震撼
经历过何等的风吹日晒
可崖柏都没有倒下
而今崖柏却面临着灭顶之灾

有人说没有买卖就没有杀害

就因为有买卖吗?

崖柏就可以被杀害?!

生命,崖柏也是生命啊

悬崖上的生命

而今却被剥夺、被残害……

对于崖柏来说

这就是一场噩梦啊

人们对崖柏的所谓爱

就变成了把崖柏斩尽杀绝的常态

万柏山上万株崖柏

崖柏染绿了多少山脉?

可如今这场劫难

却让长满崖柏的山变秃了

变得千疮百孔满目疮痍

连崖柏的毛毛根

都被掏了出来

山上崖柏不再绿

山下的崖柏却堆成了山

变成了一件件根雕

千奇百怪千姿百态

那曾经被挤压被扭曲的崖柏

而今变成了更加扭曲的摆件

就等着人们交易和买卖

崖柏变成了弥勒佛

崖柏变成了观世音……
那些相信佛菩萨的人们
难道就不想想
崖柏这些山崖上的生命
不该被任意宰割和破坏

崖柏，这些活化石
活了几万年几亿载
而今就这样被对待
就这样被无情开采
即便是十万年的寿星老
也会被毁于一旦
再不能东山再起
再不能绿了连绵的山脉

当人们向崖柏举起斧头的时候
难道不该有人站出来说不吗？
不能把环境破坏
不能破坏生态
好在，人们已经开始醒来
绿水青山就是金山银山
青山上怎能没有崖柏？
青山上怎能缺得了崖柏？

在将来的将来
我们的后代
不但能够看到案头上的崖柏摆件
还要能看到山头上的崖柏
万柏山上万株柏呀
万株柏何时能回来？
在那蓝天白云下
崖柏何时再绿太行山山脉？

西湖抒怀

2008年5月,曾经到杭州灵隐寺中国作家协会创作之家度假,后来的2016年春,再欲去度假,未能成行,却写了这首准备在度假期间朗诵的诗——

莫道北京西湖远
银鹰伴我又来临
谁言瘦西湖
丰满碧水照瘦身
毕竟花甲至
何况手术仍留痕
病树怀揣春色
白发深藏诗文
纵然体弱恰似江南草
野火烧过还有根
回眸芳草间
脚印何处寻?

作协搭桥无断桥
三下杭州情不尽
西湖十景
万千气象迷众神
柳浪闻莺莺歌远
三潭印月月光近
南屏晚钟迎黎明
双峰插云不黄昏
平湖秋月几时有
自有李白举目吟
莫道碧波浅
雷峰宝塔高入云
感叹我拙笔
难以生花花似锦
笨鸟先飞何必分早晚
今日西子湖畔又逢君

虽无生花妙笔著文章
创作之家再休创作假
目光阳光普照我身心
枫树染朝霞
榴花映竹林
小鸟欲进玻璃窗
彩蝶访友想进门
映日荷花不远
沐雨茶园很近

爱孙远在幼儿园
何不前来花港戏鱼群?
白墙黛瓦比家亲
处处分享温馨
再三上北高峰
携老伴会友人
仰望飞来峰
龙井香茶慢慢浓
伴着诗文品
也品人生酸甜苦辣
谁敢玩深沉
故人年年变老
旧景岁岁翻新
望绿树全成惊叹号
一捧鸟巢人归林
低头化作大问号
独有两座岳飞武松坟
问美景为何千年常在
看人间几多百岁老人

灵隐寺里佛显灵
保佑诗朋文友无恙抖精神
今日相看两不厌
此生何时再光临?
西子有情不言别
再来苏堤踏晚春

自行车咏叹调

前脚踏着太阳
后脚登着月亮
日月在脚下旋转
天天奔向远方
不是夸父追日
车把不是夸父的拐杖
不可能化作桃林满山
不是嫦娥奔月
眼前没有桂花飘香
却愿紧贴着大地行走
接地气鼓士气用心歌唱
把满头白发化作
清新滚烫的诗行
伴着时代的车轮
再奔向前方……

当下有感

世间的道路越修越长
人与人的感情却愈来愈短
一条条短信发个没完
谁知道有没有谎言？

地上的高楼越盖越高
世人愈发显得渺小
即使钻进了海景房
也不过是一只只笼中鸟

似乎到处都是千里眼
世人的目光却愈发短浅
忙忙碌碌似乎只认得钱
生命不息血汗已被榨干

世界上的桥梁越修越多
心与心却产生了太多沟壑

城乡处处都有狗的影子
可怜可叹的变态寄托

医学似乎越来越发达
能把五脏六腑看穿
可回头看长命百岁
还是一个遥远的梦幻

似乎到处都是车水马龙
谁知远方几多空巢老人留守儿童
一年一度的春运高峰
只为比一个饺子还短的相逢

人们似乎越来越会养生
为何会有那么多不治之症?
青山绿水蓝天——回来吧
天地才是唯一的大救星！

人人都可以持有一张大学文凭
却不知几多学子不学无术腹中空
想想曾经的两弹一星
而今的大学生有多少创造和发明?

似乎人人都可以漂洋过海
外国的盘子伴着中国的月亮旋转了多少载

那边的打工儿女果然生活得自在?
这边的父母头发早已变白

爱国的情怀不是口号和小说
爱祖国就要报效祖国
民族魂和孺子牛在哪里?
时代需要鲁迅和孙行者

有感《西游记》

似乎谁都想把《西游记》戏说
《西游记》的咒语却谁也说不破
举目万里苍天苍天万里
哪一片雾霾里藏着孙行者？

孙行者呀孙行者
那紧箍咒一念，你还有什么辙？
都说你神通广大
一个跟头十万八千里
可又逃不出如来佛的手心
谁知这到底是为了什么？

纵然你降服了十万妖怪
最后还不是菩萨妙手一点
该怎么发落就怎么发落
你不在乎什么功劳簿
只要能扫除前路的坎坷

莫怪唐僧是愚僧

愚僧永远把大唐挂在嘴上藏在心窝

尽管他有着太多软弱

他的心头毕竟燃烧着东方的朝霞

胸怀着普度众生的红心一颗

伴着那一袭红色袈裟

高僧是取经路上的一团火

莫怪猪八戒好吃又好色

人家见过的凡人不曾见过

毕竟是赫赫有名的天蓬元帅

毕竟曾经见过嫦娥

落到这般天地

乐观的情绪不减

依旧透着大度和幽默

谁说神马都是浮云？

沙僧和白龙马也想降妖除魔

每一个脚印都是扣动佛门的音符

每一个蹄窝都绽放着

通向西天的灿烂花朵

和尚这个称谓似乎不太好听

心里却装着真经真佛

有太多太多的人自称信佛

却不知佛心不可亵渎

一点都容不得污浊

想让佛祖保佑升官发财

这梦可是笑坏了弥勒

想想，一只化缘的钵盂

都得上交，不能归己有

挥金如土的人难道还想成佛？

打开《西游记》看看吧

每一行字都写着善恶

莫谈什么因果报应

只要把真经藏在心窝

人人都是顶天立地的佛

鸟殇

张开翅膀飞翔的时候
你是蓝天上一道流动的风景
张开嗓子歌唱的时候
你是晨曦里一口悠扬的铜钟
栖息在枝头的时候
你像一朵美丽的鲜花水灵
穿过浪花和云朵的时候
你是天地间自由的精灵
而今伴着一声枪响
你成了一块彩色的陨石
一簇美丽的流星雨和残花败柳
灰飞烟灭在那个猎人手中
当你化作一盘下酒菜时
我看到了你睁着恐惧的眼睛
望着同伴们远去的身影
你可是在向人类求情
别把我们当成盘中餐吧

莫吞噬同胞的鲜活生命
即使不把我们当朋友
也要把我们看作一道风景
但愿我们的友好叫声
不再换来残酷的枪声……

生命是一盏灯

人不像一盏油灯
噗一声被吹灭了
还能被一根火柴点燃
也不像一盏电灯
咔哒一声关灭了
再咔哒一声又亮了
都说人死如灯灭
生命的火焰熄灭了
却不能再像灯火复燃
生命的门一旦关闭
就再也不能打开
生命的火焰熄灭了
就再不能点亮
最值得珍惜的是生命
把生命看成一盏灯
只要灯里还有油
就尽情地燃烧

把生命看作一盏灯
只要生命里还有电
就无私地释放光热
有一天油没了电没了
也不觉得多么遗憾
因为我们曾经亮过
曾经把光明带给人间

小鸟——种子

当初，你衔着我
飞翔在碧蓝的天空
我悠悠然，你也悠悠然
陶醉在洁白的云朵中

也许你是无意地
把我丢了
我一头跌进荒山野岭
再也看不到你的踪影

你没有把我找寻
我却期待着你相逢
在那寂寞的荒野里
我做着一个多么美好的梦……

而今，被你丢失的我
被大风和落叶埋没的我

竟拱破土层，冲出岩缝
长成了一棵小青松
你落到了我的枝头上
面对着天空欢鸣
你还认得我吗
我是你遗落的那粒树种

也许你不会想到
今日，我又与你相逢
也许你不会相信
我会长成一棵小松

你还认得我吗
你是不是有意飞到我的怀中
我多情啊、多情
不知你有几多情……

你飞了多久了
翅膀一定累得生疼
来，好好歇一会儿吧
你可知我怎么把你苦等？

山与河　生与死

活着
我是一座屹立的山
站成尽可能的高度
让后人和儿女
沿着我的身躯登攀
即使够不到蓝天
也愿子孙化作
不尽的繁星
在宇宙间闪闪发光
直到永远
与日月为伴

死后
我是一条躺下的河
河不会干涸
不会枯干
还会流向远海远山

让后人在河流中
游泳划船
即使儿孙难成龙
只要血脉在延续
香火就不会散
后代还在繁衍
真正的龙脉就不会断
一代代弄潮儿伴着浪花
咏读着我的诗篇
游得更远更远
直到千年万年

咏中国十大名菊

十大名菊,各有千秋;拙笔写来,看谁风流?

——题记

帅旗

几度秋风又起
你是菊中一杆旗
中国菊花三千种
无愧首领属于你

绿牡丹

初开时碧绿如玉
日晒后光彩瑰丽
花朵硕大花期长
名为牡丹却是菊

十丈珠帘

珠帘飞挂 披肩秀发
仙鹤抖擞迎朝霞
花瓣纤细修长
疑是羽毛欲飞去
还是瀑布飞流下

墨荷

墨荷非荷,菊中奇葩
亭亭玉立墨池中
恰似一幅名画
紫气东来,绽放好远
菊迷菊痴,谁不爱她?

绿衣红裳

莫道牡丹真国色
菊中色彩你领先
如此多娇为谁妍
众里寻她在眼前
争艳吐艳竞艳

绿云

谁言红花绿叶配
比绿波仙子更娇美
云淡云浓云里开
同类另类你不愧
活生生一朵翡翠

凤凰振羽

凤凰展翅谁曾见
此花开处凤凰现
迎风起舞舞翩翩
动容动人动山川
——相看两不厌

西湖柳月

不是葵花却向阳
不是皓月更像月
满月临水戏垂柳

一湖好景色
回眸不见黄花瘦
恰似金花不凋谢

黄公石

非石却称黄公石
金光耀眼开此时
山石也有脱落日
菊花宁抱枝头死
风骨泣鬼神
傲然动天地

玉壶春

一片冰心在玉壶
秋花装着一壶春
一壶春光品秋色
冰清玉洁谁人心
我把玉壶提家中
斟出缕缕诗情诗魂……

鞋大鞋小娘知道

　　记忆里，十八岁以前的我几乎没穿过买的鞋，而常年穿着母亲亲手做的鞋上山、上地、上学、蹚河、滑冰、采药——2010 年 10 月 10 日，是母亲逝世 14 周年祭日，早晨起来穿鞋的刹那，想起了远去的母亲——

　　　　人说鞋大鞋小脚知道
　　　　我说鞋大鞋小娘知道
　　　　自从儿子离开娘的母体
　　　　娘就用目光和手指
　　　　天天丈量儿子脚的大小
　　　　自从儿子离开娘的怀抱
　　　　儿就穿着娘做的鞋
　　　　走过了多少路多少桥

　　　　鞋大鞋小娘知道
　　　　娘最晓得多大的鞋才合儿的脚
　　　　娘说鞋里不夹线
　　　　大一分一毫

娘怕儿子的鞋不跟脚

小一分一毫

娘怕鞋夹了儿子的脚

儿子的脚天天往大里长

娘的鞋就做个没完没了

星星知道月亮知道

娘在油灯下为儿做鞋

迎来了多少回雄鸡报晓

娘在腿上搓麻绳

搓掉了多少层汗毛

娘的腿肿了破了酸了痛了

却是为了儿子稳健潇洒的步调

娘为儿子钉鞋底

手磨出了多少个血泡

娘的手磨出的血泡啊

是为儿子的脚别磨出血泡

鞋大鞋小娘知道啊

儿子穿过多少双娘做的鞋

娘不会记得，娘不图回报

儿子却难忘那漫长的岁月

春夏秋冬穿着娘做的鞋走山道

都说儿行千里母担忧

儿子的每一寸行程啊

都有母亲的心陪着走了百遭
儿子不是天上会飞的鸟
娘做的鞋却像翅膀和小船
伴着儿子走遍天涯和海角

鞋大鞋小娘知道啊
早已驾鹤西去的娘
可知道儿子如今
在哪里跋涉在哪里落脚？
不管儿子走多远多高
最不可磨灭的是娘的功劳
有了娘给儿子的这双脚
儿子才能在这个世界上行走奔跑
奔向一个个高远的目标

娘生前不知道世界多大多小
却知道儿子的脚多大多小
娘为儿做鞋是为了儿子走世界
娘的心就比地大比天高
而今虽然娘远去了
隔世的娘的最大心愿儿子知道
就是让儿子一生平安一路走好

鞋人鞋小娘知道
娘给儿做了那么多鞋

一针一线都期盼着儿子
走好运走好道走正道
不管儿子走到哪一步啊
娘，我想您都会盯着儿子这双脚
娘生前不识几个字
死后也未必能读懂儿子的诗稿
但娘却能读懂儿子的心哪
儿的心和娘的心始终就是一条
莫道今生路漫漫哪
鞋大鞋小娘知道……

菊花石与父亲

惊蛰那天
儿子买了一块石头
很沉重
石上有一道道不错的风景
那一层层白色的图案
像一朵朵洁白的菊花
开在黑色的土壤中
就在惊蛰那个黄昏
父亲让儿子吃了最后一惊
此时儿子的眼前一片空白
一片朦胧
心，比那菊花石还沉重
真正是人有旦夕祸福啊
那菊花石站的直挺挺
父亲却倒在了西山的夕阳中
那石头化作了父亲的身影
黑白分明的石上景致

像父亲黑白分明的眼睛

一清二白的石头

可是父亲一清二白的人生

父亲的人生虽没有大的辉煌灿烂

却像石上的菊花

芳香弥漫在乡村

咬定青山不放松

父亲苦苦耕耘着黑土地

从没觉得低人一等

而今父亲去了

没等着看儿子一眼

也没再等着看看这块菊花石

就永远闭上了眼睛

这黑色的石头在今日降临

是为父亲带的一道黑纱吗？

那石头上的菊花化成白花

成了永远怀念父亲的风景

我的菊花石

我的父亲

如果父亲能与石头相比

父亲比石头还永恒

不是情书

> 你的书、别人的书,我都不能打开,不管揣着多少爱;爱情没有绝唱,心有灵犀情似海……
> ——题记

并没有众里寻你千百度
无意间你却让我眼前一亮
你就像一本精彩的图书
闯进了我无形的书房
装帧精美　印制精良
日夜吸引着我的目光
你丰满而亭亭玉立
你娇羞而落落大方
我多想把你打开
就像迎接一轮抢眼的太阳
撕破那道沉重的塑封
惊鸿一瞥的腰封瞬间退堂
展开你覆膜的彩色铜版纸封面

饱览环衬那边的风景风光
你的勒口你的扉页
都是我欲叩开的小窗
书中果然有黄金屋颜如玉吗?
目录是一条条羊肠小路
却为什么不能带我前往?

你的书眉你的边眉
是镶嵌着金边的镜框?
还是红杏蝴蝶欲出墙?
枝头的杜鹃归归近处鸣
书中的佳人还在远方的远方
尾花不是送给我的玫瑰
插页是挡住我的篱笆墙
每一个字都像花朵绽放
每一行字都像小溪流淌
连每一个笔画都像青青芳草
值得咀嚼品尝
每一处空白都是你柔润的肌肤
是温柔湿润的花地土壤
莫道沉默的字不会说话
每一个字都像马蹄声声
踏出一度又一度的春光霞光

不肥不瘦的包装
藏着墨香弥漫着花香体香
装着多少我期待好奇的内容
让我滚烫的心为你跳荡
多想在你的版心里畅游长江
神女峰在彩虹之下鲜花之上
我多想如饥似渴地
把你品味品读欣赏
你是一句让我陶醉的诗行
甚至想如狼似虎地
把你生吞活剥
一本书就这么令人神往
我的心愿化作一枚红叶当书签
深入你的每一段每一页
我的手愿操起灵动的妙笔
耕耘在你的每一节每一章
一条书虫躺进你的怀抱
分享你的春色和秋光
哪怕化作缕缕蚕丝
也愿为你当书衣——精装

一本书就这么令我神往
连标点符号也像动人的眼睛闪亮
每　个页码都在为我导航
引领我抵达芳草萋萋的彼岸、山岗

真的我想把你打开
可又为什么不能
不能实现自己的愿望？
因为你的版权页不属于我
你的条形码不属于我
对于我你没有定价
哪怕我愿出再多的码洋
书脊撑起的是书的脊梁
男人岂能靠掠夺偷渡
跪倒在石榴裙旁？

但我有一个梦想
在下世 哪怕是再下世
你会成为我的枕边书
到时候借着李白笔下的月光
把你摆上我的书架我的书房
你里里外外都是我的
我也成了你的封面你的翅膀
我们尽可以展翅飞翔
因为那一方条形码
是我们共有的门窗

红豆情

在北国，攒了多少红小豆？去南国，采撷了几多红豆？连同我的心遥寄给你吧，可又不知道你的地址……

——题记

那年在高中校园里看到你的刹那
你的黑眼睛就镶嵌在了我的心头
曾经想把一个红豆包送给你吃
又怕爱情的"馅儿"暴露
我的心却像太阳刚冒出山头

待你下乡插队后
想带给你一瓶山里的红豆
最后那红小豆还是没敢出手
我把红小豆种在山坡上
指望着爱情也能生根发芽吗？
谁想，那红小豆还没有成熟
你就成了未名湖畔的女大学生

望鸿雁远去"天凉好个秋"

那天往未名湖里撒了几颗红小豆
直到夕阳成了一枚放大的红豆
相信你黑沉沉水汪汪的大眼睛
终归会看到我心灵深处的红小豆

那年采了一把"劝君多采撷"的相思豆
想把多情的红豆寄给远方的她
鸿雁快递都不肯收
大洋彼岸的你呀
也不肯给我一个回眸

暗恋是一条长长的河
我荡着小舟穿过四十个春秋
载着一摞欲送你的书
还有那些给你攒了大半生的
永远不褪色的红豆
期待着与你相逢的那一刻
哪怕我们白头对皓首……

我的母校去哪儿了？

那个叫木字港的小学校去哪儿了？

那是我母校的母校

那校园旁有一棵古老的槐树

真正是枝繁叶茂根深叶茂

听说那是我的八辈祖宗栽下的

那不远处还有一个龙王庙

那个农家院里的学校

只有一位叫王朝旗的老师

把四个年级的学生执教

可我们刚学会汉语拼音

我刚戴上少先队员的红领巾

红旗的一角

那场轰轰烈烈的"文化大革命"

就席卷了我们的学校

王老师带着我们

把那座龙王庙推倒了

他也再不回来了

从此我们竟然长期辍学
天天去摘野果、采百药
在山头上鸟瞰那个学校
那大槐树还好好地长着
我们却成了没有归巢的鸟
如今,我的小学校去哪儿了?
那里住上家雀了
当年我放飞的家雀
而今还守护着那个欲坍塌的学校

那个叫黄土嘴的学校去哪儿了?
当年我在那里上了两年学
小学却被称为高小
校园前有一条小河
不远处有一座水库
修水库的时候我们抬过石头
水库落成了
我们在碧波里洗过澡
冬天我们在小河上滑冰
少年似乎没有半点烦恼
夏天我们去小河里摸鱼
我们把摸来的小鱼炖了吃
就像吃一根根焖豆角
那学校的南边有一座山
我们去山上烧过炭

捡来雪中的橡子

烧着吃，解决温饱

拔来南山的山葱和蕨菜

让青黄不接的日子变得美好

我们望着山崖上居住的鹞鹰

还一次次把雏鹰揽到我们的怀抱

忘记了都学到了什么知识

只记得开斗争会让我喊口号

把这个打倒、把那个打倒

一个毛孩子，算初生牛犊吗？

那两年的学习时光

一晃就没了、没了

而今那个小学校也早被撤销了

但我没忘那条小河

还有那山上的山葡萄和青枣

那个小学校去哪儿了？

而今听说是快要倒了

我的高小学校去哪儿了？

房上长上茅草了

我的中学学校去哪儿了？

那个叫新庄户的中学学校

也是在一个农家院里

也能看见窗外的鲜花

还有枝头的小鸟

那个学校前还有一条小河
还有一座叫红金坨的大山
直冲云霄
在那个学校里
我戴上了红卫兵的袖章
骨子里燃烧着青春的火苗
在那个学校里
我忘记了学到了什么知识？
但我没有忘记
我在上课的时候偷偷看了一本书
书名就叫《高玉宝》
从此刚上初一的我
便揣上了一个作家梦
还有一个叫高尔基的伟人
一个叫浩然的名人
都在把我的文学之梦点燃
我恨不得把那个成语词典吃掉
我写的批判稿充满诗情画意
对数学方程式我却有点气恼
在那三年里，最有趣的一件事
是那位叫留索的叔叔
夹了一只金钱豹
我们还去追着大人
看他们从雪山上
抬回来一只金钱豹……

而今的而今
那个叫新庄户的中学去哪儿了？
那个中学几十年前就撤销了
那学校房上的瓦被揭跑了
那学校前的小河也干涸了
但，那大山和小河
却还在我的心头矗立着、流淌着

我的高中学校去哪儿了？
那个叫沿河城高中班的学校
就坐落在永定河畔
就在那古城的一角
那里有一棵古老的大槐树
听说是出生在明朝
在那个书声琅琅的校园里
我们看着校园外的浪花飞奔
看着河面上的野鸭嬉戏
听着绿柳枝头的黄鹂鸣叫
在那开门办学、半工半读的日子里
我们学到了什么呢？
想想，我倒是得了一个诗人的称号
有一双女同学的大眼睛
似乎把我看得很高、很高
而我也把她看成了白天鹅
愿她伴随着我的青春飞翔
最好是一直飞到老

不，后来她飞到了海外
我们再不曾相对无言
那个叫我诗人的姑娘
捧着我的诗集欣赏的时候
两颊的红晕是否还在燃烧?
想象着那一幕
我是不是还有一点自豪?
再回眸那个高中班
我的心头全是失去的波涛
一度，那条我们日夜守望的河流
也一度干涸了、干涸了
再不见一条鱼儿和一只水鸟
那个学校也在几十年前被撤销了
听说那校园前的大槐树下
租给了一个个体户缝袄了
那古戏台前再也没有
那些青春学子奔跑了……

从小学的学校到高中的学校
那当年所有的学校都不是学校了
我早就没有母校了
不知道差几十分
我一生也没有走进大学的校门
而今我怀念那母校
我多想捧着一摞属于自己的著作
走进那一个个母校

不图作家和诗人这个称号
只想把我对那些师生的感情
对那母校的感情
用我的文字表达出来
让老师和同学们记得
即便是我们荒废了学业
我们却没有被时代抛弃
我们依旧像山鹰
飞翔在能够达到的云霄
我们尽自己的绵薄之力
把人民报答、把祖国报效
我们把人生的答卷
交给这个时代
让这个时代检阅我们的
每一行脚印
每一行脚印像不像诗稿？
我们没有忘记那被撤销的母校
我们是那母校里长出的小树
飞出的小鸟
纵然我们飞得不是很高
但我们没有忘记
我们的园丁、我们的跑道
那学校前的大槐树又绿了吧？
树高万丈有根
根深才能叶茂……

那点燃我青春的红叶

一阵狂风刮过
掀起满天红叶
是群魔乱舞
还是纷纷蝴蝶?
是点点鲜血
还是一张张请帖?
当红叶扑向飞雪
又将揭开春的诗页
那时青山再吐翠
喜闻白羊叫咩咩……

青春曾经在青山上度过
却在青山上把诗文书写
而今,看我银丝又几许?
不能说空对一轮皓月
因为我写出了二十本书
二十本书里不管哪一页

都有当年那一片片红叶

那一片片红叶呀

就是我青春的记录

就是我青春的热血

如果不是那么多红叶

点燃我当时的激情

伴着我火红的青春

我怎么能有今天这

不多的收获

让时代检阅?

我感谢那些红叶

那牧羊山上的红叶呀

每一片都是火红的旗帜

每座山都像红旗猎猎

我是在那满山红叶的山上

把我的人生尽情书写

如果不是上下求索

哪有前进路上的鲜花摇曳?

如果不铭记古人的词句

莫等闲白了少年头

空悲切

那我们就有可能

在满头白发的时刻

发出老大徒伤悲的空悲切
所以每当我想起那满山的红叶
想起那雪白的羊群
我都有那么点壮怀激烈

人生不在于曾经的环境如何
而在于你是不是利用了那个环境
干着你想干的事业?
想想,那么单薄的红叶
那么单薄的收入
那么单调的生活
却让我总是充满激情
因为我单纯得像一枚红叶

是那满山红叶点燃了
我的满腔热血
还是我的满腔热血
激荡着那满山红叶?
而今再回眸
满山红叶何处?
纵然白发苍苍
心头依旧满腔热血
人就是靠满腔热血
才能迎来满天朝霞
才能迎来闪光的日记
一页又一页……

山民与木头

山民靠山吃山
一天也离不开木头
山民用山榆做镐把
开拓致富的门路
山民用桦木做柁
撑起日月星斗
山民用杏木做椅
大写人生春秋
山民用山杨做升、做斗
把日子量得红火、富有
山民用椿木做马勺
却不愿盛稀粥
山民用红棍儿、六道木做筷子
最愿夹肥嘟嘟的山羊肉
用山柳做案板
用枣木做擀面杖
愿日子肥得流油

山妇用椴木尺子
量布裁衣，尽展风流
山姑用桃木梳子
把自己打扮得俊秀
山汉用麻梨挖烟袋
旱烟锅里飘着乐
也燃着愁
山民用荆柴取暖
一生喜欢热炕头
用青枫木插篱笆护院
却不愿养看家狗
山民愿用红板柜
柜里啥都有
山民愿在槐荫下乘凉
愿看黄栌把山野红透
山民愿到处栽树
也算扎根立后
山民愿伴着山林
世代生活在山沟沟
山民听说过紫檀黄花梨
知道那是名贵的木头
但山民从不奢望那些红木
因为他们的山上没有
没有的东西就不强求
只敬畏这一方水土

这一方水土和山头

山头上长满了木头

不要说物以稀为贵

满目的绿树

满目的绿荫

这青山就是金山银山

有了这青山

山民看得见乡愁

日子不会再发愁

山民何必要发愁

发愁就会白了头

学学满山的木头吧

花儿春春吐秀

叶儿夏夏满枝头

秋天就万山红遍

冬天再冷也昂着头

青春年年在焕发

一代一代永不朽

故乡的白桦林

故乡的白桦林
一群美丽的姑娘
洁白的筒裙穿在身上
绿色的纱巾围在头上
秋天，放出金色蝴蝶
冬天，伴着雪花歌唱
红日和皓月是她们抛出的绣球
蓝天和白云是她们的向往……

故乡的白桦林
一群多情的姑娘
纯真的心曲献给云朵
热烈的情书写在山岗
日日夜夜都在等待
等待那个春风吹来的早上……

故乡的白桦林

一群不寻常的姑娘

她们有快乐也有悲伤

身上有几多刀痕

几多风霜

经受岁月的洗礼呀

她们变得更刚强……

故乡的白桦林

一群无私的姑娘

她们把青春都献给了

养育她们的爹娘

写下了不尽春色

写下了不尽秋光……

故乡的白桦林

就是故乡的姑娘

桦林似一缕皎洁月色

投进我红亮的心房

让我写一首真诚的诗吧

寄给那远方的目光……

月季芳名

月季花绽放动京城
每种月季都有个好听的名

永定河的水呀燕山的风
吹开了千朵万朵"北京红"

"燕妮"几多活泼俏皮
像北京女孩一般美丽

"攀花月季"巧登攀
"光谱"花谱谱写花的家园

"本盛顿"不在华盛顿
"御用马车"拉着花团似锦

"金绣娃"添锦绣
"至高无上"美不胜收

"多特蒙德"花似锦
亭亭玉立"玉美人"

"梅红冲击波"
恰似梅花点染朝霞千万朵

"丰花月季"品种多
看不尽"麦海姆"好景色

"金玛丽"透着洋气
"赛维丽娜"就像外国美女

"摩纳哥公主"不是公子哥
"多情玫瑰"是送给谁的秋波

"果汁冰糕"看似凉爽
美好的"梦境"又迎来朝阳

"橘红色火焰"透着温暖
把人们的心花映亮点燃

"大花月季"花朵大
"粉扇"翩翩舞彩霞

载歌载舞迎来"金皇后"
"道格拉基"竞秀不独秀

"红双喜"红了千家万户
"黄和平"美了大路小路

"爱丽时尚"有多时尚
"绯扇"一舞把歌唱

"梅朗口红"有多红
"童话女王"寄深情

"地被月季"红了大地
"紫美地兰"芳香四溢

"粉天鹅"翩翩起舞舞蹁跹
"珍珠美地兰"华贵笑开颜

"冰美地兰"冰清玉洁
"野性呼唤"呼唤花的世界

月季花的世界有多么美
全世界的目光都投向月季大会

你知与不知

你只知道村中又多了一个造纸厂
却不知山下又少了碧水一湾
那哭泣的鱼儿无心再读月
"红掌拨清波"的白鹅歌比哭还凄惨……

你只知道村头又多了一个带锯厂
却不知山林倒下了，鸟儿们
失去了又一片可以筑巢欢歌的乐园
就连那黄鹂都找不到翠柳了
更不见"一行白鹭上青天"

你只知田野里又耸起一排烟囱
却不知又失去了几块碧绿的麦田
蜜蜂在灰尘里飞舞着呻吟
流金的菜花中哪有追黄蝶的少年？

你只知道村民的兜里又多了几张钞票

却不知又失去了几多不可再生的田园
如果"清泉石上流"总是一句无处寻的老歌
再多的钞票也买不来幸福之源泉……

你只知道追求高效、高产
却不知那些催肥催色的化学药物
也在你的肠胃里不断蔓延
绿色食品和放心食品
似乎成了求之不得的仙丹
没有蝈蝈鸣叫的田野与没有蜻蜓飞落的河畔
像没有孩子玩耍的宅院那般冷淡

你只知道乡里崛起了一栋红砖办公楼
却不知倒下了几多古人留下的青砖四合院？
纵然你真是"安得广厦千万间"
龙王爷再不恩赐一滴水，人的眼泪也会枯干……

放眼千秋万代，千年万年
应该少一点指标，多一点忧患
不要只知道多了就是满足和发展
也应知道少了也是无法弥补的遗憾
让倒下的木头也长上耳朵吧
听听花的呼唤鸟的呼唤人的呼唤
让干涸的河床再长上眼睛吧
看看"花落知多少"，哪个更合算？

故乡一片情

一片天下看日月
一座山下共苦乐
一缕炊烟一家人
一个村里生活
一个场院分东西
一挂梯田享秋色
一面山上背柴烧
一口井里挑水喝
一块地里劳作
一条路上跋涉
一座山上采药采蘑
一座山上说笑唱歌
一个屋里开会
一个学堂上课
一个石堂避雨
一株树下摘果
一盘石碾推米面

一盘石磨把豆腐磨

一台电视看全国

一盘热炕共唠嗑

一簇绿荫下乘凉

一块石上打扑克

一条溪流凉水泉

一脉山峦红金坨

一条河里摸鱼虾

一棵树上掏鸟窝

一片林中伐木

一片草地看花朵

一天星斗数不清

一天白云像棉垛

一地蝈蝈万山听

一地蚂蚱百鸟捉

一辆大车沿河走

一队骡马穿山过

一草一木都是情

一粥一饭记心窝

一碗榆子干饭充饥

一个野菜团子解饿

一个背篓走四方

一把锄头落八坡

一人西去全村哭

一场婚礼全村乐

一别三十三年前
一心不忘那一刻
一生情系故乡人
一世悲欢有几多
一次次想起东宫人
一天天匆匆又走过
一心只恨老家远
一村人都在山外过
一部手机通万里
一首拙诗对你说……

怀念那山那河

怀念一座山
那山被炸平了
变成水泥了
山上的崖花哪去了？
还有那个黑鹳窝

怀念一条河
那条河干涸了
河里的鱼儿渴死了吗？
小蝌蚪上哪儿找妈妈去了？
还有那几只徘徊的白天鹅

那天我做了一个梦
被炸平的山又长出来了
那山峰壮观而巍峨
山上开着灿烂的花朵
黑鹳又飞进了自己窝

那条干涸的河
又荡漾着碧波
小蝌蚪和小鱼都回来了
还飞回来了一群
翩翩然然的白天鹅……

一棵树的四季

冬天你不怕寒冷严霜
你本身就是一所崛起的房
树皮的皱褶里住着百只蝴蝶
树杈上的喜鹊窝里放着一颗太阳

秋天里你从不长叹悲秋
你为人间捧出一树沉甸甸的果香
红叶像火焰把秋色点亮
树干书写着激昂的诗行

夏天你不怕酷暑炎热
倒为别人提供一地绿色的阴凉
每一片树叶都是一把遮阳的小伞
笑吟吟迎接远方的小伙和姑娘

春天你不怕青黄不接
你早就等着那一树蓓蕾的绽放

花朵不是一串串摇动的铃铛
你却呼唤着南来北往的春光

一棵树的四季不需要诗人歌唱
一棵树本身就是一曲动人的乐章
树枝干枯了却能够化作一团团火焰
树干倒下了，立起来还是支柱
横过来，就是支撑房架的大梁
大树还小时就揣着栋梁之才的理想

从生到死的一棵树啊
始终为人类坚守着一处避风港
大树不需能工巧匠的雕琢
大树本身就是一尊不朽的雕像
即使大树化作一口棺椁
还不是陪着逝者永远安息在天堂……

多一点与少一点

多一片蓝天
心就多一份悠然
多一阵清风
沉重的脚步也会飘然
多一朵白云
鸟儿就多了一叶小船
多一抹皎洁的月色
月光下的我们会更坦然
多一缕清洁的阳光
人们的脸上就多了几分灿烂
多几分甘霖
花儿也会开得更鲜艳
花朵就会变得更饱满
多一棵绿树
就少了几分沙尘的侵犯
鸟儿就多了几个巢
鸟儿的叫声就变得更婉转

多一束鲜花
蝴蝶也会多一份情恋
蜜蜂也会留连忘返
多一片绿草
人们就多了一份好心情
大地就少了一点污染
天空才会向我们露出美丽的容颜
多一点清新的空气吧
尘埃就会离我们的肺腑更远
多一泓清澈的泉水吧
我们的心灵也会变得像清水一潭
为了那个绿色奥运的口号
我们都应该知道，什么该多一点
什么该少一点……

来自空中的发光

太阳不知道它叫太阳
为了万物生长
它只知道发光
月亮不知道它叫月亮
为了普照黑夜
它只知道发光
星星不知道它叫星星
坚守各就各位
它们都知道发光

度

太阳不炫耀它的亮度

却能把全世界照亮

大地不说它的厚度

却是托起万物的手掌

大海不自吹它的宽度

它的胸襟却无法丈量

大海也不吹嘘它的深度

千条江河都能往它怀中流淌

它有足够的包容和容量

高山不用说它的高度

却能得到世人的仰望和敬仰

蓝天不说自己的宽度

因为没有挡住它的墙

风不炫耀它的风度

却能带来动人的春色和秋光

雨不说它的大度

只默默地滋润万物生长

石头不夸耀它的的硬度

弱者却不敢与它碰撞

铁轨不说它的强度

却能把千车万辆带向远方

电流不说它的速度有多快

神马也不能把它追上

火不说它的热度

却能把真金化成汤

长虹不说自己的气度

气贯长虹却能跨越十万山岗

冰山不说它的温度有多冷

企鹅却向它张开温暖的翅膀

气温不说自己的温度

只把四季带到你的耳旁

森林不说自己的密度

天然的氧吧让众人分享

跋涉者不愿问进度

因为远方的远方还有远方

写作者不愿说自己的文化程度

人世间永远有写不尽的文章

适度是世界上最好的度

一切适度就是最好的度量

青山上的大学生

天空，发给我一张特大准考证
太阳，给我盖上印章、金红
啊！我还用考试吗？
青山会录取我这个落榜生！

曾经受过名落孙山的苦恼
月夜里，望落一颗又一颗星星……
当我拿起牧羊鞭的时候
又开始圆我的大学梦
于是，我才成了一名青山上的大学生！

沉甸甸的书本和牧羊鞭一样沉重
我摸着书本，还有点心跳、脸红……
不，我为什么要有自卑感
我应该像进大学堂那样从容！
看，摇曳的山花把我欢迎
听，头羊为我摇响上课铃……

清风吹开了我的大学讲座
山丹点燃了我的学习热情!
蓝天是黑板,红日作明灯
书间飘过云影,掠过鸟影
鲜鲜的芳草让山羊醉了
行行的文字迷住我的眼睛……

扯一片白云当稿纸
我的文思啊像泉水奔涌
剥一块桦皮写作业
晚霞为我打上对钩,鲜红……
望一眼空中的苍鹰
理想的翅膀啊冲破云层……

可怜我这个自修大学生吗?
落榜者自有成竹在胸!
莫道金榜无名天地窄
青山处处有路通北京!

今日,蝈蝈弹琴,野菊流金
青石当桌,白石当凳
一片红叶悄悄地落进大学课本
像一枚公章,盖上我的毕业证!

不,我不为追求万能的文凭

也不贪图大学生这个美称！
今日，青山上有一双求知的眼睛
明天，祖国的蓝图上有我描绘的一方风景……

如果真是一只好鸟
在没有围墙的大学中
飞得会更高、更远
如果真是一棵好树
在没有围墙的大学中
会长得更高、更茂盛
当年我自豪
我是青山上的大学生
如今我骄傲
我以青山为平台
让我的诗文像山花吐红

青山上的诗人

白云缠着山羊的犄角
红日吻着羊倌的发梢
山石上，他又诗兴大发了
诗行像涓涓的小溪一条条……
小鸟啊别吵，蝈蝈啊别叫
山雨啊别来，羊儿啊别跑
让他专心地书写诗稿……
他是羊倌，也是诗人，
他的心头跳跃着诗的火苗……

桦皮，是他的稿纸
他的诗在青山蓝天上发表
鹰翩翩，鼓起他想象的翅膀
雾袅袅，激发他深沉的思考……
诗集的封面印一片红叶
诗作的尾花植一株绿草……

写呀，云影在他的稿间徘徊
阳光在他的眼前闪耀
诗笔像白桦秀美挺拔
诗花像山花绽蕾吐苞……
啊，好一个青山上的诗人
每一串脚印，都是一行诗稿……
没有不争气的青山和蓝天
只有不争气的飞鸟
没有天生的诗人
只有没有挖掘出的诗稿
在天与山之间耕耘
连山丹花都会
给我的诗稿打上对勾
连白桦树都会写下
这四个字：好诗，发表……

我·弓与箭

弯下去
我是一张拉满的弓
直起来
我是一支冲天的箭
不信那鸟儿
成不了我的收获
不信那乌云
会遮住我的蓝天
拉开吧
那生命之弓
射出吧
那理想之箭
愿那箭到之处
化一条航道
伴我飞上云端
坚信那高远的天空
有我那热血点燃的

红霞的绚烂
有我那意志化作的
苍鹰的盘旋
啊，为了那明天
我怎能不把自己
变成一张拉圆的弓
一支冲天的箭

信
——一个勘探队员的日记

啊，遥远的母亲

您的儿子在给您写信

不是用行行的文字

是用串串脚印

我的脚印走到哪里

母亲！我就在哪里给您写信……

我是足音是"嗒嗒"的啄木鸟叫

敲醒了，敲醒了无边的森林

我的足音是"咕咕"的布谷鸟鸣

鸣绿了，鸣绿了千山万岭的新春

我的足音是不停的马蹄声

我为祖国踏出了钢铁、金银

我的脚印是一行行诗

诗情啊，带着泥土的芳芬

我的脚印是一串串音符

音符啊，跳动着赤子的心音

我的脚印向远处延伸
无穷的富饶啊靠我找寻……

啊，遥远的母亲
您的儿子在给您写信
大地，是一张铺开的稿纸
脚印，写下篇篇激昂的诗文
啊，我的脚印从哪里出发呀
母亲！我就在哪里给您发信……

端午节与诗人

那个端午节的早晨
痛苦伴随着喜悦,阵阵
艾蒿插上了门锦
粽香弥漫在乡村
山丹花打着红色的灯笼
迎接一个婴儿的诞生
一位属猴的母亲
养了一个属猴的儿子
那位慈祥的母亲
在阵痛后过于平静
母亲没有想到望子成龙
儿子也没有想到将来当诗人
随着一个又一个五月端午的来临
那个诞生在屈原投江纪念日里的孩子
却常常满怀激情想当诗人
想当诗人并非因为他降生在吉日良辰
但在他生日的时候他却不断思忖

那龙舟为什么奔腾了几千年
那粽子为什么飘香了几千载
只为了那个佩戴着兰花的爱国诗人
因为那诗人化作了一朵永远的浪花
不，化作了一缕永远不散的爱国魂
正是因为那个上下求索的诗人呐
唤醒了一颗少年的诗心
于是他恨不得折木棍当笔
于是他面对鸟儿和花儿也在歌吟
因为他想为站立起来的祖国高歌
想为站立起来的人民传递声音

儿子大了，儿子真的当了诗人
儿子的诗总想歌颂伟大的祖国
更想歌颂同样伟大的母亲
母亲是缩小的祖国啊
祖国是放大的母亲

挂在墙上的玳瑁

玳瑁看玳瑁
爱好独爱好
玳瑁镜架耳间跨
海龟标本墙上吊
玳瑁又叫十三鳞
生命何时化句号?
莫道海黄金
黄金购玳瑁
几多淘宝人
只为凤毛麟角
哪管濒危动物命
缺者价更高

主人笑眯眯
罗汉床上想睡觉
梦中惊回首
海龟爬出小区

回归大海怀抱
墙上空留一幅字
切记生态环保
警钟撞响珊瑚礁
还我玳瑁巢
海啸伴人笑
谁给谁发警报?

捞月亮

每个人都有自己的生肖
我属猴,我自豪我的属相
也许我的前世真是一只猴子
若不今生怎么总是傻子一样
投入到江河湖海
打捞遥不可及的月亮

尽管捞了千千万万个晚上
还是没捞到那轮月亮
可想想,捞不到月亮又何妨
我没捞到月亮
未必就算在月亮面前打了败仗
捞月过程就像摘果子那般
如果月亮也算果实
到手的果子没树上的果子香

记得还在穿红兜肚的时候

我就盯上了水中和天上的月亮
捞月竟成了我
从小到大的梦想
巴不得借来孙悟空的金箍棒
当天梯攀援到月亮中央
玉皇大帝也算给力
满天星斗是助阵的仙人鼓掌
万朵红霞是鼓舞的旗帜飞扬
莫怪愚人笑我痴，我笑言
精神支柱就是擎天柱，不可挡
什么神马都是浮云
月亮给了我无穷的力量

不信那轮满月
成不了我的铜锣
敲得天下春雷一般响
不信那弯月牙
成不了我的小船
披星戴月去银河划船荡桨

灵猴就是灵猴
满树荡秋千的我
没那么多条条框框
把弯月当香蕉吃
滋味就是别样的香香香

不敢高攀嫦娥当情人
与她共舞总算爽爽爽
在桂树上戏耍，吴刚不让
总该给一杯桂花酒品尝
玉兔可能比金猴高傲
向兔爷讨一副仙药吃
保健康，白兔还不拱手相让？

所以，所以我
我这只猴子就没完没了
天天晚上在捞月亮
相信那月亮里
有李白吟诗斗酒的形象
坚信那月亮中
会有我写下的瑰丽诗行
只要捞月的心还在跳荡
迟早，月亮或许就是
我家墙上的一面镜子
餐桌上的一张饼一块馕

没捞到月亮也无所谓
捞月毕竟无损于月亮
月亮千秋万代挂着
谁曾捞到过月亮？
只要月亮还在天空

就有痴心人捞月亮
生命就是一个捞月过程
快乐永远在路上
那轮金色的月儿
永远是金丝猴的向往

谁说猴子捞月一场空
人生就像捞月的游戏一场
如果捞月像摘桃子一样容易
猴子还有什么理想
我作为一个属猴的人
怀着猴子那般天真的心
纵然一辈子也捞不到月亮
那颗心毕竟有所寄托和追求
伴着凤凰在广寒宫里飞翔
今夜捞月又到太阳红
明晚的月亮就是给我的金质奖章

那年秋天的菊花和种子

沉重的野菊压在未婚妻头上　我有一个梦想——题记

那年秋天，田里的玉米金黄
田头的野菊花金黄
一位推着独轮车的
并不高大的姑娘
推着一车带秸秆的玉米
吃力地走进青纱帐
又走出青纱帐
摇摇晃晃摇摇晃晃
一步步走向走向
那个破落的农家院
那个堆满秸秆的村庄
那位推车的姑娘
推着一家人的零花钱
一家人烧饭取暖的柴薪
推着一家人的口粮……

那位姑娘就是我未来的
并不遥远的未来的新娘
当初我想帮她推车
却又无力将车推出秋日的土壤
在那坑坑洼洼的阡陌上
独轮车只要到了我的手里
肯定会东倒西歪趴在地上
我不能帮她推车
却把理想的种子埋进心头
也埋进那野菊花盛开的秋光
但我不希望那种子长出麦苗
也不希望那种子结出沉甸甸的玉米
再让那位姑娘推着独轮车
一路奔波，跌跌撞撞
为了那一碗玉米粥和两块贴饼子
把本来应该长长的腿
过早地定格在田野里
玉米长得高啊
腿却长不长
双脚总难摆脱拉巴秧
一生都走不出深深的土壤
那一天，那一刻
我心中的种子真的比玉米粒
更浪漫更实在更闪光

我愿那种子长出诗行

长出华美的文章

书中未必有黄金屋

我却愿那菊香伴着书香

与她行走在行走在

行走在充满诗意的大路上

采一朵金色的菊花

诗集的封面就印上了

一枚金质的奖章

地球，花的家园

不敢得罪造天地和人类的神耶和华，又斗胆推想：世界上应该后有人，先有花，地球本就是花的家园；多情的牵牛花，把我带进花山花海花港，花的诗行也就像无边无际的花的长廊——题记

上篇

天上的神仙也不晓得
地球上的花曾开过多少茬
我敢说，有阳光那天
地上的花海就灿若朝霞
有雨露那晚
花就像星星布满海角天涯
斗胆推断，盘古开天地前
耶和华还没造天地和人类
花儿就烂漫在原上山下
那时亚当和夏娃还没有

偷吃花儿结出的禁果
中国也还没有伏羲女娲
可那摇曳的花枝头
就已经等候在黄河边
迎接黄泥捏的龙子龙娃

不是先有了人类
是先有了人类的朋友鲜花
沉睡了几亿年的菊花石
荷花石牡丹石枣花石……
难道不是花的化石吗？
而今才捧出耀眼的奇葩

远古时代肯定荒凉
而山花也开遍山野山崖
恐龙在繁花间漫步穿行
百鸟在花枝头筑巢叽喳
蝴蝶恋着花儿流连忘返
白云深处，谁见人家？
想必，那花儿寂寞的年月
也曾用花开的声音呼喊
人儿啊，来到花儿中间吧
我们共同拥有一个天下

于是，人儿追赶着花儿

脚步踏踏，踏踏
就踏响了人类的黎明
黎明中，人花共笑
笑出一首首诗一幅幅画
花儿伴着人类的脚步盛开
地球人创造了比花多的神话
就连嫦娥奔月
是否也冲着月宫里的桂花

花花世界，未必指的是花
世界，又哪能离得开花
凡有人的地方都有花
凡有家的地方都有花
中国人爱把姑娘比作花
花是人们心中最美的图画

在最古老的丝绸之路上
盛开着多少文明的鲜花
那条逶迤二万五千里的长路
红军的鲜血染红了几多山花
太行山上不光有抗日烽火
也有红艳艳的山丹花
回望古人留下的诗文
花香弥漫着，醉了华夏
那位佩兰、吃菊的屈原

在路漫漫中求索问天的诗话
《诗经》里有朵不凋的芍药
陶渊明还在采菊东篱下
绿了芭蕉，红了樱桃
绿肥红瘦，黛玉葬花……
人类，哪一天离得开花
人生，一路伴着几多鲜花

采一朵冰山上的雪莲
结冰的心头也能融化
如果视力模糊心火太大
就泡一杯菊花茶
感觉贫困吗？
牡丹给你富贵荣华
在渺茫的长路上
红梅为你举起火把

花儿已经开了
冬天还会远吗？
冬天已经来了
花籽又在冰雪下发芽
有花儿就有春天
只要日月旋转
人，就不会停止
奔向春天的步伐

下篇

天上的神仙也数不清
地球上曾有多少鲜花闪亮登场
地球是花的家园、家乡
花的家就在不远的远方
曾经,地球好洪荒
却也不乏花枝的脸庞

梅花含雪追赶着杏花桃花
樱花铺满一地春光
郁金香一点儿也不郁闷
红红火火挤满了花街花巷
举着盛情的酒杯笑脸飞扬
薰衣草像母亲纺的绸缎
为大地做足了蓝色衣裳
三月的丁香和八月的桂花
让万里长风也飘着清香
玉兰姐姐摇着春天的蓓蕾
荷花妹妹闹醒了夏日的池塘
茶花带来七彩云南的锦绣
槐花摇着一树白玉和清凉
牡丹真国色,形成花山花海
芍药春意浓,尽染花村花庄
月季月月忙,装点花镇花乡

玫瑰最多情，走进花屋花房

谁知陶渊明在何处

菊花挤满花的篱笆花的墙

黄花无边遍地香

杜鹃花伴着杜鹃鸟开了

鸡冠花呼唤又一轮太阳

佛手托起百合的祥和

仙人掌撑起绿意的倔强

花喜鹊叫在亿万棵花枝头

花蝴蝶追赶着花的万里海洋

花的园、花的圃

处处都是生长花的土壤

向日葵组成花的图画

芙蓉摇曳花的诗行

花的大路小路通向远方

花农花事一片繁忙

多情的牵牛花

把我带进花山花海花港

这里是花的家园、家乡

十指沾着花香的人们

正在谱写花的动人乐章

奇石放歌

千山万水万水千山
石头的歌千万年也唱不完
中国的石头折射着中国的历史
奇石上可以找到不尽的画卷
那块石头上有盘古开天地的影子
那块石头上有大禹治水的图案
唐僧和孙悟空居然是取经的后来者
几亿年前的石头上
就有唐僧师徒西天取经的画面
不知《三国演义》在什么朝代
这石头上分明有诸葛亮摇着鹅毛扇
贾宝玉含着玉石在清朝出生
黛玉葬花怎么就跑到了
亿年前的石头上面?
那块灵石化作的孙大圣
永远活在人们的心间

奇石奇就在它像奇特的画

打开"国画石",画家谁不汗颜

奇石奇就在它像奇特的诗

打开诗集,诗与画神奇地再现

李白把酒邀明月

白居易伴着那个卖炭翁去烧炭

这里是野渡无人舟自横

那里是大渡桥横铁锁寒

成吉思汗弯弓射大雕

骏马踏醒万里大草原

这块石头上是郑和下西洋

那块石头里是乾隆下江南

石头伴随着人类的脚步一路走来

每一种石头都是历史的诗篇

"轩辕石"可是轩辕留下的遗产

鲁迅长叹:我以我血荐轩辕

"金海石"折射大千世界

"大化石"演绎气象万千

"雪浪石"让人想到千古绝唱惊涛拍岸

郑板桥可是比"竹叶石"来得晚

"梅花石"依旧散发着幽香

"戈壁石"让人想到那空旷的戈壁滩

"太湖石"是太湖里的美女

"菊花石"比李清照词中的黄花丰满

红军曾在万泉河的石头上把刀磨
"雨花石"把多少日军屠刀下的同胞悼念
百万雄师过大江定格在"长江石"上
人民英雄纪念碑是对英烈永远的点赞
毛主席纪念堂里那尊汉白玉雕像
是对领袖永远的缅怀和怀念
"鸡血石"里流淌着中华民族的血脉
"斧劈石"开拓出一道又一道幸福泉
"桃花石"演绎人面桃花相映红
"硅化木"是中国人挺直的腰杆
"木鱼石"会唱歌让你一展歌喉
"灵璧石"有灵气给你诗的灵感

"九龙璧"让人想到图腾
"寿山石"让人想到延年
"雪花石"和"红花石"
都让人感受春天的温暖
面对树化石不要感叹
人的寿命居然比树还短还短
"龙尾石"让人想到龙头出海
"彩霞石"绘出朝霞和晚霞的灿烂
"泰山石"不光让人感到一览众山小
"金钱石"不一定给你多少金钱
金钱身外物，只有石头永留人间

"燕子石"飞入寻常百姓家
"枣花石"红了多少农家院
"连理石"未必联系着连理枝
"牡丹石"国色天香把君伴
让人神往的恐龙消失了
好在留下了一枚枚"恐龙蛋"
"孔雀石"张开绿色的翅膀
"玛瑙石"绽放红色的火焰
"绿松石"高歌生命的赞歌
"龙马石"把龙马精神代代相传
"石镜石"折射真善美的面孔
"七彩石"辉映生活的色彩斑斓
"菩萨石"保佑人们世代平安
"三峡石"上有过海的八仙
还有仰天长歌的屈原
"通远石"让你看到更远的远方
"星辰石"伴随你走向黎明的彼岸
"贺兰石"演奏着岳飞的《满江红》
"大漠石"让人看到长河落日圆
"新疆彩玉"跳动着燃烧的火苗
"绿泥石"捏不出世外桃源
"龙纹石"伴着人类的皱纹
走过了又一个人生的秋天
"黄河石"再现多少黄河龙
龙的子孙正乘风破浪
把一个个奇异的梦想实现

六百年粮仓的余香

2011年11月19日，应邀参加《劳动午报》在南新仓举办的笔会，当夜难寐，有感而发——

一垄垄黛瓦遮不住

六百年粮仓的余香

六百年前的黄豆

化成一碟碟甜面酱

蘸着水葱和嫩黄瓜

把今日的北京烤鸭品尝

六百年前的红高粱

酿成一坛坛美酒

醉了，多少条汉子的脸膛

六百年前的绿豆

至今还发芽在我的心房

六百年前的贴饼子炖小鱼

伴着一代代不息的烟火

在京城的上空弥漫延宕

六百年前的庄稼

还在一茬茬生长

而今那沉甸甸的谷穗

还把小鸟馋得啁啾歌唱

一道道灰墙挡不住

六百年粮仓的辉煌

站在红灯笼前我看到

又一秋的五谷纷纷登场

伴着骨碌碌的碌碡和碾砣

金谷白米在源源流淌

还有那炊烟袅袅情系城乡

大运河上的运粮船

南来北往　一片繁忙

乾隆爷笑看那冒尖的粮囤

满口都是蹩脚的诗行

自古一日三餐的事情比天大

一粒小米的分量

也许会超过一颗星斗的分量

饥饿的声音比什么都悲怆悲壮

天下粮仓维系着所有炎黄子孙的生命

生命一刻也离不开粮仓

无论天下如何风云变幻

谁都懂得粮食与金子的重量

南新仓　六百岁的陈旧粮仓

每一粒出入的粮食都蕴含着沧桑

一代代延续的粮仓

难免有蛀虫和硕鼠

吞噬他人的口粮

即便那蛀虫和硕鼠

不会被钉在历史的耻辱柱上

人民也会把其唾弃遗忘

这六百余年的南新仓啊

像石磨转着蹉跎岁月

翻过一节又一节一章又一章

一只鸽子落在瓦垄上

我的心却在蓝天下飞翔

一只麻雀钻进屋檐下

那叽叽喳喳的叫声

是在告诉人们

即使再过六百年六千年

只要有人类生存的地方

就不可缺少沉甸甸的粮仓

让六百年前的粮食一茬茬发芽吧

千秋万代都需要稻海麦浪

桃花潭与红豆情

纵然穿越十万个千尺桃花潭
今生今世也难以抵达你的身边

那张少女的笑脸曾经向我飞出的朵朵桃花
已经化作千万道天边的朝霞和晚霞

一双眼睛找到另一双眼睛
也许是猴子捞月一场空？

汪伦把友情送给了李白
诗人把桃花水变成了不会干涸的情海

为了那百万丈深的桃花潭
我在暗恋的长河里游着游着向前向前

哪怕游一百年也不见柳暗花明的彼岸
痴人也可以收获爱情的春天和秋天

明天去南国采撷一把红豆
接着把心中的姑娘思念、追求……

月亮弟弟

二弟先天缺钙、缺营养,还不会走路时就走了。他肯定不会走远。也许他就是那轮挂在树梢上的月亮吧?

——题记

公元 1962 年,又一个虎年到了
人们还在饥饿中挣扎
在那个饥饿的年月
高家又添了一个虎娃
我的二弟诞生了
父母给二弟起了一个大气
又带着诗意的名字——国月
可那亮晶晶的月牙刚升起来
就掉下了深渊……
二弟,这是为什么呀?

二弟,一出生你就缺钙
软得像一棵草

草还被风吹霜打

事后二哥恨你来的不是时候

你怎么生下来就缺钙哪？

可缺钙能怪你吗？

那年头连黄豆和牛奶都缺钙

连麻雀都营养缺乏

咱妈一年做一锅雪白的豆腐

即便三十、初一都吃炸豆腐

能补上一年缺的钙吗？

那时咱爸一年能炖几回肉啊？

即便一顿吃一碗红烧肉

却还是缺乏油水

人们的脸像野菜黄蜡蜡

你一生下来就吃钙片

那圆圆的钙片像月亮

可你却越吃越软

钙片没能让你站起来

二哥记得你只会爬

应该是咿呀学语的时候

二哥不记得你会说话

不记得你叫二哥

似乎也没叫过爸妈

你的语言太简单又太复杂

你用一个叹词——啊

似乎把什么语言都能表达
你那一双水汪汪的大眼睛
你那一张红嘟嘟的小嘴巴
总在炕头上啊啊啊啊……
你的小手指着那一瓶钙片
和那一瓶鱼肝油
叫着啊啊啊啊……
多少弯月牙被你叫圆了
可月亮高高地升上天空
你却依旧不能站起来
急死咱爸咱妈呀
他们望落了半天晚霞
又望出了半天朝霞
二哥恨你，怎么不站起来呀？
站起来咱们一起去山坡上
拔野菜、揪山花
一起去采药、捉蚂蚱
一起到草地上放羊、骑马
一起到学校写字、画画
那一定也是你梦中的情景啊
可那只是梦吗？
你不过两岁怎么就可以
在母亲的怀抱里夭折呢？

父母习惯地叫你老月
可你为什么不活到老？
你像一弯新月刚刚出山
就落下了山尖山头山崖
从此再也没有升起来
世上少了一个叫二哥的人
二哥怎么就没了二弟呢？

母亲心头的月亮碎了
二哥心头的月亮碎了
一家人心头的月亮都碎了
那天的晚霞像火把
烤着全家人伤感的心
泪水嘀嗒嘀嗒
泪水腌着的月亮
时而像黄豆小
时而像磨盘大
那轮李白见过的月亮
静静地把兄弟情抒发
李白把酒邀明月
诗仙把你也邀走了吗？
你那一声声啊
是留在世界上最好的诗啊
诗的种子肯定已埋在你心头
连同你的躯体在地下发芽

从此一个浪漫的称呼诞生了
月亮弟弟——你在哪儿啊？

都说月有情，走了还回家
月亮弟弟撂下一大堆钙片
却永远地和家人再见了
永远地走了走了
弟弟就像一弯月牙
爬到山峰那边去了吗？
月牙，你还是一钩没圆的月牙
新芽，你还是一棵未拔节的新芽

一口小小的棺材
把你定格在那天
你像一只小鸟刚刚出壳
就永远被封闭在黑暗里了
你这个叫国月的二弟
再也见不到月亮了吗？
还是你化作了一轮月亮
依旧照着咱们的家？

"遥知兄弟登高处，遍插茱萸少一人"
二哥不记得把你埋在哪儿了
但二哥相信你的坟头上
肯定有绿树红花

有小鸟、大蚂蚱
还有月光、朝霞……

月亮弟弟，其实你压根没有走远
你陪伴着二哥走过了多少春夏？
二哥的心头就是你栖息的枝头
你永远是二哥心头的一弯月牙
二哥想你想了近一个花甲

月亮弟弟五十多年前就走了
二哥却没忘你的呼唤：啊啊……
那是一句最有韵味的诗啊
二哥的十万行诗也抵不上那一个啊
二弟，如果来世咱们再做兄弟
你一定不会再缺钙缺营养
那时顿顿有酒肉餐餐有鱼虾
那时咱们还叫这样的名字
我还叫国镜，你还叫国月
明镜明月不可分
亮堂堂普照天下……

最

最漂亮的衣裳在棉花上
最香甜的美食在打谷场
最好的房子在故乡
最开阔的路在远方
最美的姑娘在街头
不是逍遥流浪
最棒的男子在战场
不一定是扛枪打仗
最好的书往往
没有在书店栖息的时光
最鲜艳的花朵在
蝴蝶飞不到的悬崖上绽放
最甜的蜜糖在蜂儿
看中的花朵上蕴藏
最明媚的春天在枝头
羞红了桃花的脸庞
最迷人的夏天

是绿叶摇曳的阳光
最诗意的秋天是
第一片枫叶点燃的红高粱
最寒冷的冬天是
万众瞩目的红太阳
最嫩的竹笋在
"春雨贵如油"的露珠间
发出蓬勃的歌唱
最鲜美的鱼在海底云游
最高贵的鸟在空中飞翔
最壮观的山峦被
山外山遮挡
最浩荡的河流
在神秘的天上流淌
最无怨无悔的人生
是不欠他人
一丝一毫的良心账
最幸福的时刻
是别人在背后对你的夸奖
最不划算的事情是
活着却被钞票深深埋葬
最红火的日子
在每一天的朝霞上
最圆满的句号
是天天能与你
"相看两不厌"的夕阳

知多少？

一条大河
浪花知多少？
鱼龙知多少？
一座高山
嘉木知多少？
奇花知多少？
一片草原
牛羊知多少？
芳草知多少？
一片蓝天
俊鸟知多少？
云彩知多少？
一山野花
花朵知多少？
一条山路
崎岖知多少？
一个家庭
幸福知多少？

不幸知多少?
一对夫妻
恩爱知多少?
纠结知多少?
一生追求
成功知多少?
一生耕耘
收获知多少?
一生过半
寿命知多少?
一生奋斗
成败知多少?
一生拼命
白发知多少?

万卷图书
一生读多少?
万里长路
一生走多少?
万家灯火
一生用多少?
万亩良田
一生吃多少?
万丈高山
一生爬多少?
万条江河

一生游多少？

万把交椅

一生坐多少？

万里蓝天

一生飞多少？

都是未知数

都想知晓

回眸看看

前路还有多少？

莫问前程

别管幸运多少

不幸多少

只要我们还活着

就要在人生的跑道上

能跑多远是多远

能得多少是多少

人，莫问那么多多少

该失去的就得失去

该得到的总会得到

何必用这么多问号

人生最后都是一个句号

或者惊叹号

当然，如果留下省略号

让后人继续接力跑

那就更美、更好……

古老的雕像

当年在中学历史课本上
我认识到了北京猿人头像
从此那一张沧桑的脸庞
那一双深邃的眼睛
就刻在了我心上
而我走进周口店猿人遗址
已经是 2017 年秋天
把时光倒回到七十万年前
龙骨山到底是个什么样?
今人无从知晓,甚至难以想象
在七十万年前龙骨山的山洞里
已经生活着我们的祖先
这已经被世界公认
公认我们的祖先就在龙骨山上

那样的洞,叫猿人洞
那样的洞穴里曾经生活过的人

猿人，也叫"北京人"
那里就是"北京人"曾经生活
和居住的地方
也就是"周口店第一地点"
本就是一个天然石灰岩溶洞
"北京人"在这一带断断续续
生活了近五十万年
时光何等漫长？

先人的遗骨、遗物、遗迹
被今人一层层发现
他们当时是个什么生存状况
也许只能由考古学家推测
由作家去联想
再把时光倒退四万八千年
那猿人洞又改了名字
称之为：新洞、"新洞人"
生活在远古的时代
却离我们近了许多
但依旧古远和洪荒
在"新洞"里发掘出土了
新洞人和大型食草类动物
但已经化作了化石，硬梆梆
如今的鹿化石、马化石……
当初可是长着犄角的鹿和马

那些鹿和马悠闲地生活在
周口店一带的森林中
奔驰在绿茵茵湿漉漉的草地上
颇有几分诗意的田园风光
它们伴随着人类
或人类伴随着它们
走过了几多岁月
日出日落伴着朝霞和晚霞
月圆月缺伴着泉水流淌
当然，人类的祖先也许还不知道
那白天升起的是太阳
晚上升起的是月亮
尽管不知道日月的名称
但岁月却在更迭
在日月的照射下
在龙骨山上又出现了田园洞
田园洞距离"北京人"遗址西南
可谓近在咫尺、遥遥相望

2001 年的一大发现
2003 年的首次发掘
发掘出了二万五千年前的人类化石
并被命名为"田园洞人"
"田园洞人"的活法
自然是那个时代"北京人"的活法

如今的人们把田园生活向往
但肯定不愿做曾经的"田园洞人"
哪怕是再浪漫的诗人
也不愿身无御寒衣家无隔夜粮
在距今一万八千年前
"田园洞人"又过渡到了"山顶洞人"
那一步走得短暂而漫长
山还是那样的山，芳草萋萋
洞还是那样的洞，冬暖夏凉
"北京人"却逐渐走向了文明
文明之花伴着山花绽放
"北京人"在我的心中
是一座不朽的雕像、群像

标点，人生的符号

几个小小的标点符号
不仅仅属于诗文和书刊
标点符号也属于人生
人生不过是几个标点

——题记

逗号

一只小小的蝌蚪
一生都在风雨中寻找
该得到的也许已经得到?
诗的远方却没有找到
路漫漫其修远兮
前面和后边都是逗号
人生就是一场追求和寻找

破折号

一条横线很短
放不下一只小脚
如果敢于突破走出去
就是一条长长的大道

顿号

像一匹小马的蹄子
马不停蹄，很少停顿
披星戴月都在跋涉
还是浪费了不少光阴
稍稍顿一下，还得前进
找不到失去的青春
也要对得起
夕阳无限好的黄昏

分号

要知端的，且听下回分解
分号的后面还有多少诗文可写？
两点拖条尾巴，不是拖泥带水
也不敢翘尾巴
只是为了早点走向下一页

满肚的诗文都等着发表

好文章都在下一章下一节

冒号

像一轮太阳、一轮月亮

一个白天、一个晚上

冒号后边有许多话讲

人生是一篇写不完的文章

问号

像耳朵一样

却是在发问提问质问追问……

问天问地问人

却不问收获和命运

只顾默默地奉献与耕耘

叹号

像一枚手榴弹

总想找到爆炸的一天

找到惊喜，发出感叹

可到头来，还站在路边

惊叹大千世界如此这般

却没有把叹号当成炸弹

而是当成了大笔一杆

写下了太多的彷徨与呐喊

哪怕是叹号变成了拐棍

也想激扬文字，指点江山

引号

有多少话想引在里面

就像小蝌蚪找妈妈

哪怕是江河无边无岸

心头却装着远方的春天

括号

不管是圆括号还是方括号

还是俗话说的括弧

把注解的文字放在里边

是为了提醒关注

不是为了把思维束缚

更不是想挡住别人的路

书名号

两头都是尖的

似乎上下都能钻

可回眸这大半生
还有多少属于自己的书刊
还在书名号的外边
那就不要书名号吧
让诗文长上翅膀
凌空飞翔在万里蓝天

省略号

一连串放出六个点
是人生的脚印一串
每一点都是文章的开头
每一点都是人生的起点
留下一串省略号吧
看看前面和后面
谁知有多少闪光点？
省略号的六个点
像是佛教里的六字真言……

句号

句号是一个圆点
也是一个起点
句号不代表那个字——完
句号是太阳冉冉升起
是车轮滚滚旋转……

几个小小的标点符号

不仅仅属于诗文和书刊

标点符号也属于人生

人生不过是几个标点

不管寒心和暖心

不管成败与遗憾

都写在标点的前面和后面

人生的终点其实不是一个句号

人最终都会化成一个问号

只是自己看不到最终的答案

人生这本书,留给后人读

哪怕是后人读懂一个标点

记住一个标点

那也是最瑰丽的诗篇

却原来人生就是几个符号

人生的符号就是几个标点

留下一串省略号吧

让后人接着翻越前人

没有走过的大河与高山

留下一个分号吧

却一辈子都不敢翘尾巴

后人接着前人的那个分号

回答和解答一张又一张考卷……

倾听诗花的声音（后记）

农家院里那株山丹花，是我故乡的花；是我的笔下出现最多的花，估计有上百次之多。山丹花在京西的山坡上随处可见，但在平原地区却见不到山丹花的影子。所以我小院里那株山丹花，也算是一花独秀了。她年年在端午节前后（端午是我的生日），捧出红艳艳的花朵，像火把，像小红灯笼。今年的夏天比往年来得早，这山丹花也就提前热情地开放了。花的热情，没有我的热情高涨；花的热情，忽然又点燃了我的诗情。这是因为著名作家和图书策划人凌翔同志，要策划出版一套朗诵诗选，我也跃跃欲试，想把自己的诗加入到这套诗选的行列中。于是望着那院里的山丹花，这本诗集似乎也要像山丹花一般蓬蓬勃勃、红红火火地开放了。我很看重这本诗集，因为她是从全国的诗人中精选的朗诵诗选。我总以为诗就是朗诵的。我喜欢朗诵诗，也喜欢朗诵。

与诗歌结缘的时候，我还算一个少年。那时写作文、甚至写作业，我常常都往作业本上写上一首诗。尽管是顺口溜，但我给人念出来的时候，人们却说好听。

而我的诗被人朗诵出来的时候，却是20世纪1981年2月1日的中午，那可是中央人民广播电台著名的播音员发出来的声音、向全国人民发出来的声音，那个节目（小说连续广播节目）的听众，听说有几亿人。我不知道这个数字是不是真的？但那天中午，我却通过收音机，听到了方明在朗诵我的诗：

> 不是大海，却比大海有气派，
> 不是大海，却比大海更豪迈。
> 你，有海一般深情，海一样胸怀。
> 要让每一朵浪花发出异彩，
> 四化的风帆哟，
> 在浪花的簇拥下开起来……

这首诗是我听了广播剧《大海情》后写的听后感。稿子投出去一个星期后，便被广播了。当天晚上，又重播了一次。我的小屋子里挤满了"听众"。他们通过那个小小的半导体收音机，听到了广播我的名字、朗诵我的诗。乡亲们很激动地说：写得真不赖。随后在1981年2月14日出版的《广播节目报》上，又摘要刊登了这首诗。人们还是说写得不赖。

这激发了我写诗的热情。而我写的更多的诗，更适合朗诵。一度我在青山上放羊，我总是把自己写出的诗，高声地念出来。让蓝天白云听、让青山绿水听、让红花绿草听，让鸟儿和蝈蝈听。回想当年，山丹花满山开放，我的朗诵诗的声音满山回荡，这很有意思。

其实，我写诗一直是捎带脚写的，我从来不用整块的时间写诗。我把大多的精力都放在了工作和写小说、剧本、散文上。我写诗是零打碎敲，全凭着激情，有感而发，不吐不快。但即便是这样，回头看看，我写的所谓诗歌，也还是不计其数。从我20出头开始在《北京晚报》《北京日报》《北京文学》等报刊发表诗歌以来，也断断续续发表了几百首并不引人注意的诗了。但我的好多诗都没顾得投出去，因为投出去也往往是石沉大海。后来我陆续出版了七部诗集。有一本叫《高国镜抒情诗》，还有一本叫《田园古韵》。2004年，"北京市群众文化艺术丛书"一套五本，收入了一部诗集，就是我的《昨日诗花今灿烂》，由张和平总序，陈建功为我的那本诗集写了序言。后来又出版了一本奥运的诗集《蓝色的梦》，与妻子合著；再后来又出版了两本专门写花的诗集《鲜花在绿港绽放》和《中国菊》，得到了好评，在物质上也尝到了甜头；此后又出版了一本为石头配诗的诗集《感悟奇石》，听说出版社也还卖了不少。如此而已。我的一些诗歌还被选入中国年度优秀诗歌选，获得过一些全国征文大赛的奖励，等等。但我知道，我的大多诗不是那种时下流行的所谓新手法的诗，我的诗一般比较传统，手法上老一些。当年作家出版社的编辑杨德华说我的诗充满激情，像贺敬之、郭小川等诗人的诗，比较适合朗诵；当然，也有人说我的诗充满田园味，又说我的诗愤世嫉俗，直抒胸臆，比较大气，有辛弃疾、甚至李白的豪爽，这当然是有些编辑对某些诗的过奖、过誉之词、溢美之词。不管怎么说，我还是喜欢那种押韵的诗、流畅的诗，或者说是适合朗诵的诗。

于是在小院里的山丹花含苞欲放的时候，看到了凌翔主编要主编一套朗诵诗选，我就显得很激动。从20岁的小伙子，到60岁的老头，我这个一直喜欢朗诵诗的人，是不是该出一回"头儿"了？于是我便和妻子日夜兼程，连续作战，一气儿整理出这一堆诗稿。

妻子胡德艳也算得上半拉诗人。她在《工人日报》发表过组诗，还配发了照片和创作感言；我们一起合作出版过诗集《蓝色的梦》，她自己出过诗集《燕京放歌》《胡德艳楹联选》。我们的诗还被《北京文学·小说月报特刊》选载过，并被收入有关选本。胡德艳写的诗歌《东宫，遥远的地方》还获得了"诗意门头沟"全国诗歌征集活动佳作奖。但回头看这些诗，应该都属于那种比较适合朗诵的诗歌。这是因为我从小就喜欢朗诵。

但我也还是会写所谓朦胧诗的。而且我写的朦胧诗，也是适合朗诵的，甚至带点口语化和"打油诗""信天游""顺口溜"的味道。当然，我对古典韵味的诗更感兴趣。

1982年11期《北京文学》发表了我的一首短诗，题目叫《牛归》，只有六行：

牧笛吹，吹得夕阳醉，
鞭声响，抽得晚霞飞——

山路上，一群黄牛归，
牛归了，牛倌心未归。

睡梦里，牛犊又落地，
山坡上，草壮牛更肥……

当时著名诗人丁力特意撰文点评了这首诗，称写得韵味和田园味十足。在几十年后，我的大孙子一岁多的时候，便会背这首诗了。望着、听着从他的山丹花花瓣一般粉嘟嘟的小嘴里蹦出来的这稚嫩的、背诗的声音，我感到生命是生生不已的，诗歌的生命也是生生不息的。

我写过两行诗：红叶知秋千山矮，白雪晓冬万径长。有人说这是古诗，可我哪是古人？但我喜欢古人写诗的一唱三叹和荡气回肠。我最讨厌当下咬文嚼字、无病呻吟的所谓诗歌。我一直坚持诗就是歌，歌就是诗。诗就是用来朗诵的、吟诵的。

读万卷书，行万里路。我没读过万卷书，行万里路的机会也不多。但在难得的几次旅游途中，有人以为并不爱说话的我，却在旅游车上即兴说了不少的诗，有人说真正是诗兴大发了。在海南、在香港、在长白山下、在洱海边、在青岛、在烟台、在石家庄、在呼伦贝尔大草原、在西子湖畔、在广西北海、在北戴河、在承德、在葫芦岛……凡是我去过的地方，我都情不自禁地抒发一顿情怀。

在有些会议和聚会上，我也常常朗诵一首诗。我还给人写过数百首赠友人的诗。那年著名作家杨沫诞辰百年，中国现代文学馆邀请我参加，我朗诵了我写的一首诗《百年杨沫》，人们听后，真正是全场掌声雷动。中国作协主席铁凝和副主席李冰，称赞这诗很有激情、很震撼。李冰还开玩笑说：高国镜应该是播音专业毕业的。

在一次活动中，我应邀朗诵了一首诗歌。全场居然鸦雀无声。一个土生土长的"老演员"事后给我敬了一杯酒，对我说："你能够用一首诗打动全场的人，不容易，这叫本事；这年头指望着抓住听众、让他们不交头接耳、叽叽喳喳开小会，那声音还真得有点感染力。"

我的老父亲一生就过了一次"隆重"的生日，是我用诗歌主持的；我大儿子的婚礼，也是我用诗歌串联的。

诗歌的魅力其实并没有减弱，关键是现在的诗歌有可能是有人说的：不像诗歌了。中国诗词大会和经典咏流传这样的节目之所以受欢迎，就在于诗歌并没有远离中国人。爱诗的人、写诗的人，依旧大有人在。早些年顺义作协搞了几次诗歌征集活动。其中那个写花的征文不过十八天的收稿时间。那十八天里，我的手机日夜不停地"奔儿奔儿"地响，我知道那是又一首或几首甚至几十首写花的诗歌，又跑到我电脑里来了。我戏称为那手机传来了：花开的声音。那么短的时间，居然从全国各地飞来了上千首的诗歌。这足见诗歌的影响力和爆发力。当时我主编的内刊《顺文学选粹》，收到的最多稿件也是诗歌。我们作协开会，往往带着诗歌朗诵会的味道。好多人都想借机会朗诵一首诗。为了得到这个机会，他们格外亲切地称我高老师、高主席。这可见他们想用诗歌表达自己的心声和才情，也想用诗歌慰藉、打动别人的心灵。

倾听诗花的声音（后记）

当年我和城里的表弟借了一台录音机，把我写的诗歌朗诵出来、用录音机录下来，放给人们听。母亲听了，眼泪不禁啪嗒啪嗒滚落。母亲说：我儿子平时寡言少语的，没想到肚子里装着这么多感人的话。

诗歌的魅力就在于此。刚高中毕业的时候，我晚上要给人们读报纸；如果借机会念一首我写的诗，人们就会说我是诗人、才子。那年门头沟团委开团代会，有关领导特意到大山里找我，说是让我准备一首诗，在团代会上朗诵一下。于是我天天跑到山坡上念那首诗，但最后青山听烦了这首诗，青年朋友们却没有听到这首诗；会议议程过于紧凑，就取消了我"献丑"的"节目"。

考了一次大学，我想考上北京大学；在考场上担心分数不够，我便心血来潮，即兴在考卷的背面写了一首激情澎湃的诗歌，但没起到被破格录取的作用。可后来我在大学生们面前，却表现出了他们未必如我的"才华"。

再说这些就没劲了。其实我要说的话就是：人们喜欢诗朗诵，也喜欢朗诵诗。这么一来，凌翔主编策划的这套朗诵诗选，那肯定是对大众的胃口的，是他们爱听的声音，是他们的心声，是对祖国和人们发出的声音，是祖国和人民需要的声音。我想加入这套诗选的行列中，目的也在于此。而且我相信，这套诗选一定会像五月的山丹花，红红火火、蓬蓬勃勃，开放在读者的心中，回荡在听众的耳畔，陶冶着读者的心灵。

院子里的山丹花摇曳着，盛开着。愿朗诵诗的诗花，也摇曳在祖国的大江南北，盛开在长城内外。中国是诗歌的国度。诗歌是用来唱的，也是用来朗诵的。我相信被冷落的诗歌，随着新中国70周年华诞的渐渐到来，会红火起来的。正如毛泽东所言："看万山红遍……"

高国镜

2019年5月26日